COLLECTION FOLIO

William Faulkner

Le Caïd

et autres nouvelles

Traduit de l'américain par
Didier Coupaye et Michel Gresset

Gallimard

NOTE DE L'ÉDITEUR

La nouvelle suivante a été traduite par Michel Gresset avec la collaboration de Didier Coupaye : *Le Caïd.*

Les nouvelles suivantes ont été traduites par Didier Coupaye avec la collaboration de Renée Gibelin : *Neige, Frankie et Johnny, Le Prêtre, L'Esprit d'économie, Mr. Acarius.*

Ces nouvelles sont extraites de *Idylle au désert et autres nouvelles* (Folio n° 3091).

William Faulkner naît en 1897, à New Albany (Mississippi), dans une vieille famille aristocratique ruinée par la guerre de Sécession. Son père, Murry Cuthbert Faulkner, est un raté doublé d'un ivrogne dominé par sa femme, Maud. Enfant taciturne et étrange, le jeune William se distingue par ses goûts littéraires et artistiques. Il s'engage dans l'aviation canadienne après avoir été délaissé par Estelle, dont il était amoureux, mais l'Armistice met fin à la guerre avant qu'il ait appris à piloter. Il rentre cependant chez lui auréolé de la gloire du soldat et se vantant d'exploits inventés de toutes pièces. Il commence à écrire tout en exerçant différents métiers, sans grande conviction. Marqué par la forte personnalité de sa mère et son échec sentimental, William Faulkner mêle puritanisme et sensualité, comme en témoigne le titre de son premier recueil de poèmes, *Le Faune de Marbre*, en 1924. Il séjourne à Paris, à New York, à La Nouvelle-Orléans et, à son retour, épouse Estelle, qui a divorcé, et s'installe à Oxford. Il y mène une vie de romancier dont les livres ne se vendent guère malgré l'estime de la critique. Quelques-uns de ses plus grands romans paraissent alors : *Sanctuaire, Tandis que j'agonise, Lumière d'août, Sartoris, Le Bruit et la Fureur*... Ils dressent une topographie de l'univers romanesque de l'écrivain : le comté de Yoknapatawpha et la ville de Jefferson dans le Sud après la guerre de Sécession. Faulkner publie également des recueils de nouvelles, comme *Treize histoires* — dont les textes comptent parmi ses premières œuvres traduites en français dans les années 1930 — ou encore *Histoires diverses. Idylle au désert*, dont est extrait *Le Caïd et autres nouvelles*, est publié en 1977 ; il regroupe des nouvelles inédites ou jamais recueillies en volume. Faulkner travaille également comme scénariste à Hollywood où il rencontre Meta Carpenter qui devient sa maîtresse. Son sens du devoir lui intime de la quitter et cette rupture lui inspire son dernier chef-d'œuvre, *Les Palmiers sauvages*, et le cruel duo de Charlotte et de Harry, jouets et prisonniers de leur amour. Il commence enfin à pouvoir vivre de sa plume et obtient le prix Nobel de littérature en 1949. Malheureusement son inspiration se tarit. L'alcool finit par avoir raison de lui, le 16 juillet 1962, au moment où paraît son dernier roman, *Les Larrons*. Cette œuvre est un adieu souriant aux personnages qui, pendant tant d'années, ont été les compagnons de chaque jour du grand romancier.

L'univers de Faulkner est pessimiste : la déchéance, le péché, l'expiation par la souffrance forment la trame dramatique de son œuvre qui compte parmi les plus importantes de la littérature américaine.

Découvrez, lisez ou relisez les livres de William Faulkner :

L'INVAINCU (Folio n° 2184)

LE GAMBIT DU CAVALIER (Folio n° 2718)

L'INTRUS (Folio n° 420)

SI JE T'OUBLIE, JÉRUSALEM (Les Palmiers sauvages) (L'Imaginaire n° 439)

ABSALON, ABSALON ! (L'Imaginaire n° 412)

DESCENDS, MOÏSE (L'Imaginaire n° 246)

REQUIEM POUR UNE NONNE (Folio n° 2480)

PARABOLE (Folio n° 2996)

LE HAMEAU (Folio n° 1661)

LES LARRONS (Folio n° 2789)

IDYLLE AU DÉSERT (Folio n° 3091)

LE FAUNE DE MARBRE — LE RAMEAU VERT (Poésie/Gallimard)

L'ARBRE AUX SOUHAITS (Folio Bilingue n° 117)

DOCTEUR MARTINO, *suivi de* MUSIQUE NOIRE (Folio Bilingue n° 168)

LE CAÏD et autres nouvelles (Folio 2 € n° 4147)

LA VILLE (Folio n° 5429)

COUCHER DE SOLEIL (Folio n° 5465)

LE CAÏD

À l'époque où il travaillait à *La Sentinelle*, Don Reeves passait six soirées sur sept à jouer aux dames au poste de police. Le septième soir, on jouait au poker. Voici l'histoire qu'il m'a racontée.

Martin est assis dans son fauteuil. Govelli, lui, est assis sur le bureau de Martin, une jambe pendante, son chapeau sur la tête et les pouces passés dans son gilet, la cigarette dansant sur sa lèvre inférieure pendant qu'il raconte comment Popeye, au volant d'une auto pleine de whisky, avait brûlé un feu rouge et raté de justesse un piéton. Exaspérés par la conviction qu'ils avaient d'être d'irréprochables citoyens, à la fois vulnérables et patients, les témoins — les autres piétons — avaient poussé l'auto jusque sur le trottoir, et ils retenaient Popeye prisonnier. Pendant que les femmes glapissaient, la victime, grimpée sur le marchepied, brandissait un petit poing vengeur sous le nez de Popeye quand, soudain, celui-ci sortit son revolver. C'était un petit gringalet au visage sans vie, aux cheveux et aux yeux aussi noirs que la mort, avec un nez délicatement busqué et pas de menton du tout ; hargneux, il s'était réfugié derrière un pistolet automatique d'un bleu métallique élégant. Vêtu d'un costume noir cintré comme en portaient les acteurs de boulevard il y a vingt ans, il avait l'air d'un petit oiseau mort, avec une cruelle voix de fausset ou d'enfant de chœur. Mais, dans son milieu social et professionnel, il avait droit à la considération qu'on réserve aux personnalités. Si j'ai bien compris, son départ a laissé plus d'un cœur meurtri chez les sœurs de la communauté nocturne de De Soto Street. C'est que, voyez-vous, il n'avait rien d'autre à faire de son argent que de le distribuer. Et c'est bien là notre tragédie, à nous autres Américains : nous ne pouvons pas nous empêcher de distribuer notre argent, et nous n'avons personne à qui le donner, si ce n'est aux poètes et aux peintres. Mais si on le leur donnait, les poètes et les peintres cesseraient probablement d'être ce qu'ils sont. Toujours est-il que ce petit revolver plat doué d'ubiquité avait surmené plus d'une glande masculine ; il y en a même une qui cessa tout bonnement de fonctionner — tout comme le cœur, d'ailleurs. Mais si Popeye suscitait l'intérêt, voire l'admiration de ses semblables, c'était surtout au titre de la visite qu'il rendait chaque été à sa vieille mère, à Pensacola ; il lui racontait qu'il était employé d'hôtel. Avez-vous remarqué à quel point les personnes qui vivent des vies équivoques, pour ne pas dire chaotiques, s'émeuvent au spectacle des vertus domestiques ? Il faut aller au bordel ou au pénitencier si l'on veut entendre chanter les mérites de « fiston » et de « maman ».

Le flic a donc embarqué tout le monde : l'auto pleine d'alcool, le piéton hystérique et scandalisé, Popeye et son revolver, suivis par la nuée sans cesse grossissante des citoyens indignés à laquelle s'étaient joints deux reporters qui passaient par là.

Tout compte fait, c'est peut-être la présence des deux reporters que Martin avait trouvée insupportable. Rien à redire au fait qu'il y avait de l'alcool dans l'auto, ni à celui que Popeye allait livrer chez Martin lui-même quand il a brûlé le feu rouge : ça, les flics s'en seraient débrouillés, la physionomie de Popeye leur étant encore mieux connue que celle de Martin. Il n'y avait pas dix jours, Martin avait sorti Popeye d'une situation semblable, et il ne fait guère de doute que les flics avaient déjà planqué l'auto quand ils sont arrivés au poste. Ça devait être la présence de ces deux reporters, ces symboles de la vox populi que même ce Napoléon de la loi Volstead [1], ce petit caporal des isoloirs, n'osait pas bafouer ou scandaliser au-delà d'une certaine mesure.

Il est donc assis dans l'unique fauteuil de la pièce, derrière le bureau. « J'ai la tête sur les épaules, moi, dit-il. J'ai la tête sur les épaules. Je vous ai pourtant dit et redit de ne pas laisser cet avorton porter un revolver. Vous avez donc oublié, vous comme lui, ce qui s'est passé l'an dernier ? »

C'était quand on avait jeté Popeye en prison sans bénéfice de caution en raison de ce meurtre. On ne l'avait pas raté. Il faut dire que le meurtre avait été exécuté avec un rare sang-froid, même si Popeye s'était rendu d'utilité publique en l'accomplissant (comme dit Martin lui-même en apprenant la nouvelle : « Si seulement il pouvait couronner ça par un

1. Loi votée en octobre 1919 pour rendre le gouvernement fédéral responsable de l'application du XVIIIe amendement, instituant la prohibition de l'alcool aux États-Unis. (*N.d.T.*)

suicide, je leur ferais bâtir un monument à tous les deux. »). En tout cas, il était bel et bien en prison, allongé sur un grabat, bizarrement convaincu de son invulnérabilité ; mais peut-être tous les drogués sont-ils comme ça ? Il avait un certain code, limité mais positif, tout comme il avait un certain code en matière de vêtements — ses petits costumes noirs collants. Souvent, une fois dopé, il se lançait dans des diatribes contre le trafic de l'alcool, diatribes qu'il ponctuait à l'aide de son revolver. Il ne voulait pas boire, ou peut-être ne pouvait-il pas ? En tout cas, il détestait l'alcool plus encore qu'un diacre baptiste.

Pour autant qu'on ait jamais pu le savoir, il n'avait jamais fait le moindre effort pour cacher ou atténuer sa responsabilité dans l'affaire. Il ne se prononçait ni pour ni contre : il n'en parlait même pas, et il refusait de lire les journaux qui mentionnaient son nom. Il se contentait de rester toute la journée allongé sur le dos, dans sa cellule, et de raconter à ses visiteurs — les avocats payés par Govelli pour sauver sa tête, les reporters, tout le monde — comment, dès qu'il serait libéré, il allait s'occuper tout spécialement de l'un des geôliers qui l'avait traité de drogué. Et il racontait ça sur le ton qu'il aurait employé pour commenter un match de base-ball — s'il en a jamais vu un. Tout ce que j'ai entendu dire de ses activités, c'est qu'il s'est fait pincer par des agents de la circulation au volant d'une auto pleine d'alcool appartenant à Govelli, et qu'il allait à Pensacola voir sa mère : l'avocat n'a pas manqué d'insister lourdement là-dessus au cours du procès. Pas bête, cet avocat. Au début du procès, la question était de savoir si Popeye avait commis un meurtre et, à la fin, de savoir si Popeye avait bien été à Pensacola, et s'il avait vraiment une mère là-bas. Après tout, le témoin qu'ils ont cité, c'était peut-être bien sa mère. Il a bien fallu qu'il en ait une un jour, ce petit homme froid, immobile et silencieux qui donnait l'impression que dans ses veines coulait de l'encre — en tout cas, quelque chose de froid et de moribond. « J'ai la tête sur les épaules, moi », dit Martin.

Govelli, les pouces passés dans son gilet, ne bouge pas, et la fumée de sa cigarette s'élève lentement, en frôlant l'estafilade qu'il a sur le visage. La cicatrice descend de la commissure de ses lèvres comme un cordon blanc. « Ils n'ont pas réussi à l'assaisonner, dit-il d'une voix neutre.

— Et pourquoi, je te le demande ? Parce que je les en ai empêchés. Pas toi, pas lui, moi.

— Bien sûr, dit Govelli. Et tout ça, pour ses beaux yeux. Parce que t'as le cœur sur la main. Mais la note, c'est moi qui la paye, et elle est salée. Et quand j'en ai pas pour mon argent, je sais ce qu'il me reste à faire. »

Ils se regardent tandis que la fumée de la cigarette monte lentement en frôlant le visage de Govelli, qui est demeuré impassible depuis qu'il l'a allumée. « C'est une menace ? demande Martin.

— Non, ce n'est pas une menace, dit Govelli. C'est une information. »

Martin tambourine sur le bureau. Il ne regarde pas Govelli ; il ne regarde rien. C'est un homme trapu, pas très grand, qui est assis à son bureau avec l'immobilité dynamique d'une locomotive au repos ; ses doigts pianotent rêveusement sur le bureau. « Sale petite crapule, dit-il. Si au moins il picolait. Un ivrogne, on peut savoir ce qu'il va faire. Mais pas question avec un camé.

— Bien sûr, dit Govelli, c'est sa faute si on trouve de la came en ville. C'est lui qui laisse faire... »

Martin ne le regarde toujours pas, et ses doigts continuent à pianoter sur le bureau. « Sale petite crapule. Tu devrais te débarrasser de ces ritals et de ces camés et prendre des Américains, des types bien, sur qui on peut compter... Ça fait pas dix jours que je l'ai sorti de cabane, et le voilà qui se croit obligé de jouer du revolver en pleine rue. Moi, j'ai la tête sur les épaules, moi. » Ses doigts tambourinant toujours sur le bureau, il leva les yeux et son regard, traversant la pièce et la fenêtre, alla se poser sur les buildings : sa ville. Car il en avait construit une partie, attribuant en sous-main les marchés et se servant au passage, bien sûr, mais exigeant des offres en bonne et due forme, et du travail bien fait. (Vous savez, nos vertus ne sont bien souvent que le sous-produit de nos vices : c'est pourquoi il est toujours bon d'introduire un égocentrique de n'importe quelle espèce dans le système circulatoire de nos cités.) Et, de cette pièce où, pour tout meuble, il y avait ce bureau jaune bon marché et ce fauteuil verni, il commandait tout. C'était sa ville, et tant pis pour ceux qui n'étaient pas contents — ces imbéciles indécrottables qui règnent sur une chambre garnie et sur un petit emploi minable, debout derrière un comptoir ou assis sur le bord d'une chaise, à attendre en vain que monte la marée mythique des vertus outragées.

Au bout d'une minute, toujours sous le regard de Govelli, il fit un geste : il tira le téléphone à lui et demanda un numéro. Le numéro répondit. « Ils ont emmené Popeye au poste, dit-il dans l'appareil. Occupez-vous-en. Popeye, oui... Et tenez-moi au courant. » Il poussa le téléphone et regarda Govelli. « Je te l'ai déjà dit : c'est la dernière fois. Je ne plaisante pas. S'il s'attire encore des ennuis, il faudra s'en débarrasser. Et si on le retrouve en possession d'un pistolet, c'est moi qui l'enverrai au pénitencier. Compris ?

— Je lui dirai, dit Govelli. Je lui ai déjà dit qu'il n'avait pas besoin de ce feu. Mais nous vivons dans un pays libre, et s'il tient à se promener avec un revolver, après tout, c'est son affaire.

— Dis-lui que maintenant c'est la mienne. Va là-bas, prends l'auto, et fais livrer la marchandise chez moi. Et puis dis-lui ce que je t'ai dit. Je ne plaisante pas.

— Et toi, dis à toutes ces putes usagées de lui ficher la paix, rétorqua Govelli. Tout irait bien si elles le laissaient tranquille. »

Après le départ de Govelli, Martin resta dans son fauteuil, immobile comme peuvent l'être les paysans, dans cette immobilité qui se situe bien au-delà de la patience. Il était né, et il avait passé son enfance, dans une ferme du Mississippi. Des métayers — vous voyez le genre : toute la famille pieds nus neuf mois sur douze. Il m'a raconté qu'une fois son père l'avait envoyé porter un message à la grande maison, celle du propriétaire, du patron. Il s'était présenté à la grande porte pieds nus, en combinaison rapiécée ; c'était la première fois qu'il venait là, et peut-être même n'avait-il aucune idée de ce qu'il allait trouver, lui pour qui une maison servait tout juste à tenir au sec les paillasses et la farine de maïs. Il se peut, d'ailleurs, que le patron ne l'ait même pas reconnu : il devait ressembler à une douzaine de rejetons de ses métayers, et à une centaine d'enfants du comté.

Toujours est-il que le patron lui-même vint ouvrir.

Alors, levant les yeux, l'enfant découvrit tout à coup, à portée de la main, l'être qui symbolisait pour lui tout le confort et tous les plaisirs de la terre : le farniente, un cheval qu'on peut monter toute la journée, des souliers toute l'année. On le voit d'ici quand le patron lui dit : « Ne t'avise pas de te présenter deux fois à cette porte. Quand tu viens ici, passe par la porte de la cuisine et dis au nègre ce qui t'amène. » C'est tout. À la porte, derrière le patron, était arrivé un domestique noir, les yeux tout blancs dans la pénombre du vestibule : pour les gens de l'espèce de Martin qui, sans en avoir jamais rencontré, considéraient les républicains et les catholiques sous un jour d'horreur mystique comparable à celui sous lequel, au XVe siècle, les paysans d'Europe étaient dressés à regarder les démocrates et les protestants, l'hostilité entre leur espèce et les Noirs était un sentiment immédiat et total procédant de la Bible, de la politique et de l'économie. Sur cette terre dure, implacable, à la monotonie brisée seulement par de rares accès de démagogie et d'hystérie religieuse ou névrotique, c'étaient les trois instincts qui donnaient forme et sens à leur vie noueuse. Vous comprenez, sans le savoir ils trouvaient là de quoi justifier leur besoin de se sentir supérieurs à quelqu'un.

L'enfant garda le message pour lui. Il fit demi-tour et redescendit l'allée, encore conscient de la blancheur des dents du nègre qui se tenait derrière son patron dans la pénombre du vestibule, et marchant tout raide tant qu'il n'était pas hors de vue. Alors il prit ses jambes à son cou. Il courut sur la route jusqu'aux bois où il resta caché toute la journée, à plat ventre dans un fossé, la face contre terre. Il m'a raconté que, de temps en temps, il rampait jusqu'au bord du champ pour voir son père, ses deux sœurs aînées et son frère penchés sur le sol à couper le coton — et ce fut, me dit-il, comme s'il les voyait pour la première fois.

Il ne rentra chez lui qu'à la nuit tombée. Je ne sais ce qu'il leur a raconté, ni ce qui est arrivé ; peut-être rien du tout. Peut-être le message en lui-même n'avait-il aucune importance ; j'ai du mal à imaginer que ces gens-là aient quoi que ce soit d'important à communiquer verbalement. Ou peut-être fallut-il envoyer un nouveau message. Les gens de son espèce ne réagissent pas à la désobéissance ni à l'insouciance, sauf si la conséquence en est un manque à gagner ou des bras en moins. S'ils n'avaient pas besoin de lui dans le champ ce jour-là, ils ne s'étaient probablement même pas aperçus de son absence.

Il ne s'approcha jamais plus du patron. Il le voyait de loin, sur son cheval, et il se mit à l'observer — la façon dont il se tenait en selle, ses gestes et ses manières, la façon qu'il avait de s'exprimer ; il me disait que quelquefois il se cachait pour se parler à lui-même, dans sa langue pauvre et truffée d'incorrections, imitant les gestes et le ton du patron en s'adressant à l'ombre qu'il projetait sur le mur de la grange ou sur un talus : « Ne t'avise pas de te présenter deux fois à cette porte. Passe par la porte de la cuisine et dis au nègre ce que tu veux. Ne t'avise pas de te présenter deux fois à cette porte. » Le tout souligné par les gestes copiés sur cet homme paresseux et arrogant qui, à son insu, avait porté un coup mortel à ce qu'il signifiait et symbolisait, à l'image même à laquelle il devait de respirer à son aise. Quoiqu'il ne l'ait pas dit, je suis sûr qu'il abandonnait le champ, le sillon et la houe pour aller se tapir près de la porte de la grande maison et y attendre le patron. Il m'a seulement dit qu'il n'avait jamais éprouvé de haine à son égard, pas même le jour où il l'avait rencontré à sa porte avec, derrière son épaule, un nègre tout en dents. Et s'il se cachait pour le regarder et l'admirer, c'était que sa famille attendait de lui qu'il le haïsse alors qu'il savait, lui, qu'il ne le pouvait pas.

Ensuite il s'était marié, et il était devenu propriétaire d'un magasin au croisement de deux routes. Pour lui, l'histoire a dû se réduire à l'énumération suivante : soudain, il était devenu adulte, il avait pris femme, et il avait acquis un magasin situé loin, mais pas trop loin, de la grande maison. Je ne crois pas qu'il ait pu se souvenir du processus par lequel il était devenu adulte et avait acquis le magasin, pas plus qu'il ne se souvenait de la route, du chemin qu'il devait traverser pour arriver à la porte et se tapir à temps dans les fourrés. Il n'y avait pas eu de différence : le temps, la fuite des jours, tout s'était condensé en un seul instant oublié ; son corps étrange (ce véhicule qui nous transporte, comme un train, d'une gare inconnue à l'autre, sans qu'on sache quand on change de locomotive, quand on ajoute ou abandonne un wagon, un étrange coup de sifflet nous revenant seulement en mémoire) s'était métamorphosé, lui inventant de nouveaux désirs mineurs, des instincts à suivre ou à négocier, à vaincre ou à subir, ou encore à soudoyer à l'aide de la menue monnaie héritée du rêve opiniâtre qu'il nourrissait tandis qu'il était tapi dans les fourrés près de la porte, attendant de voir passer l'homme qui ne connaissait ni son nom ni son visage, encore moins l'implacable projet qu'il avait fait naître chez cet enfant qui comme tout autre possédait cette part femelle où l'ambition attend d'être fécondée.

C'est ainsi qu'il était devenu marchand, franchissant un degré de plus que son père dans l'échelle sociale, tandis que ses frères restaient rivés à la terre inexorable, inéluctable. Il ne savait ni lire ni écrire ; il vendait à crédit des bobines de fil, du tabac à priser, des mousquetons et des lames de soc. Il gardait en tête toutes les transactions de la journée et, le soir, après le dîner, sans se tromper d'un sou, il les dictait à sa femme qui, sur la table de la cuisine, les consignait dans le livre de comptes.

L'épisode suivant lui inspirait à la fois quelque honte et quelque fierté : il y est question de sa nature d'homme, de son moi, et du rêve en conflit avec la réalité. Il en parlait comme d'un tableau, d'un tableau vivant. À l'époque, le patron était devenu vieux, et il était tranquillement retourné à ses petits vices sans conséquence. Il sortait encore un peu à cheval, mais il passait la majeure partie de son temps allongé dans son hamac tendu entre deux arbres de la cour, déchaussé — lui qui naguère pouvait se permettre de porter des souliers toute la journée, toute l'année. « C'est ça qui m'a décidé, disait Martin. Il fut un temps où je ne rêvais que de porter des chaussures toute la journée. Et puis j'ai découvert qu'il en fallait davantage. J'ai voulu dépasser le désir de porter des chaussures tout le temps pour me retrouver de l'autre côté, là où je pourrais posséder cinquante paires de chaussures si je voulais, et ne pas en porter si cela me chantait. » Alors qu'il me faisait cette déclaration, il était assis à son bureau, dans son fauteuil pivotant, ses pieds déchaussés appuyés sur un tiroir ouvert.

Mais revenons au tableau. Il fait nuit ; une lampe à huile brûle sur une caisse posée verticalement sur le sol d'un petit cagibi qui n'est autre que l'arrière-boutique du magasin, et qui est plein de caisses encore cerclées et de barils, avec, sur les murs, des rouleaux de ficelle neuve et des pièces de harnais toutes neuves ; ils sont là tous les deux, le vieillard avec sa moustache d'un blanc sali, ses yeux qui ne voient plus très bien et ses mains incertaines aux grosses veines bleues, et le jeune homme, le paysan dans la force de l'âge, avec son visage froid et sa vieille habitude de déférence, d'émulation, peut-être même d'affection (pour singer, il faut aimer ou haïr) à quoi s'ajoute sûrement un peu de terreur ; ils sont face à face (assis), les cartes sur la caisse entre eux deux (et des clous de ferronnerie servant de jetons) ; il y a aussi, à la main du vieux, un gobelet et une cuiller, et, par terre, dans l'ombre de la caisse, une cruche de whisky.

« J'ai trois reines, dit le patron en étalant ses cartes d'un seul geste tremblotant et triomphant à la fois. Essaie donc de faire mieux !

— Bon, ça va, patron, dit l'autre, vous m'avez encore possédé.

— C'est bien ce qu'il me semblait. Vous autres, les jeunes, vous comptez un peu trop sur la chance, sacrebleu... »

L'autre a posé son jeu sur la table. Ses mains sont noueuses, déformées par le labour. Il manie les cartes avec une sorte de détermination qui paraît empreinte d'une raideur maladroite, et qui vise à dissuader le partenaire d'y regarder à deux fois — à plus forte raison un partenaire qui a la vue basse et qui a l'esprit un tantinet brouillé par l'alcool. Mais je ne pense pas que l'alcool ait été placé là à dessein ; ce n'était pas son seul atout, si je peux dire. À mon avis, il était aussi sûr de lui, il avait pris autant de précautions lentes et patientes que s'il était sorti s'entraîner au maniement de la hache avant d'aller nettoyer une futaie pour vendre les arbres à l'unité. « Ouais, faut dire qu'elle me lâche pas », dit-il.

Déjà, le patron a la main tendue vers les clous. Lentement, il se penche en avant ; sa main tremblante demeure en suspens. Il se penche un peu plus, clignant des yeux, tous ses mouvements ralentis maintenant, comme dépourvus de conviction, de même qu'en rêve on cherche à saisir de l'argent tout en sachant qu'on n'est pas éveillé. « Approche ton jeu, dit le vieux. Bon Dieu, crois-tu que je peux le voir de si loin ? » L'autre s'exécute : le 2, le 3, le 4, le 5 et le 6. Le patron regarde les cartes. Sa respiration est un peu haletante. Puis il se redresse et, de sa main tremblante, il prend sur le bord de la table un cigare froid déjà mâchonné qu'il suce entre ses lèvres agitées de petits spasmes, sous le regard attentif de l'autre. Celui-ci n'a pas bougé : le visage un peu baissé, il a la main prête à rafler les clous. Le patron jure tout en suçant son cigare. « Fais-moi un toddy », dit-il.

C'était comme ça qu'il avait commencé. Il avait vendu le magasin et, avec sa femme et sa fille encore bébé, il était venu en ville, à la grande ville. Il y était arrivé exactement quand il fallait, en l'an trois de l'ère Volstead[1]. Sinon, le mieux qu'il aurait pu espérer, c'était un autre magasin. Et, à soixante ans peut-être, il aurait pris sa retraite. Mais maintenant, à quarante-huit ans seulement (il y a une certaine iro-

1. C'est-à-dire en 1922. (*N.d.T.*)

nie qui préside aux faits et gestes des grands de ce monde. Tout se passe comme si, à quelque table qu'ils soient assis, veillaient des ombres partisanes penchées sur les dossiers des chaises, faisant les gestes familiers et séculaires qui garantissent la fortune et la chance et qui, à chaque coup réussi, poussent un cri de triomphe perceptible sous la jubilation du joueur — et puis, un jour, celui-ci tout à coup se retourne, effrayé par l'éclat de rire sardonique), à quarante-huit ans, donc, il était millionnaire et il habitait avec sa fille — elle en avait dix-huit ; sa femme, elle, gisait depuis dix ans sous un cénotaphe de marbre qui avait coûté vingt mille dollars, au milieu des noms les plus réputés, dans la plus vieille partie du cimetière ; il avait acheté la concession à l'occasion d'une liquidation judiciaire — dans une maison de style espagnol sur une propriété de deux hectares située dans le quartier le plus récent de notre ville. Et, tous les matins, sa fille le conduisait dans un roadster couleur citron roulant à quarante ou cinquante milles à l'heure et salué au passage par tous les policiers de l'avenue, jusqu'au bureau où il s'installait, après s'être déchaussé, pour prendre *La Sentinelle* et y chercher la liste annuelle des jeunes filles qui seraient présentées au bal des Gardes Chickasaw en décembre : c'est ainsi qu'il entretenait ses illusions, non dénuées de calcul ni de patience.

La maison de style espagnol était récente. La première année, ils avaient loué un appartement, et la seconde, parce qu'il avait passé son enfance à la campagne, ils avaient emménagé dans la plus grande maison qu'il pût trouver près du centre ville, au milieu des tramways, de la circulation automobile et des enseignes lumineuses. Sa femme avait insisté pour tenir seule son intérieur sans aide aucune. Son plus cher désir était encore de retourner vivre à la campagne, ou, au pis, d'acquérir une de ces petites villas impeccables entourées d'un jardin microscopique, de plates-bandes et de poulaillers, et situées en bordure d'une grand-route, juste en dehors des limites de la ville.

Mais, déjà, cette maison de briques à colonnes au milieu d'une grande pelouse un peu négligée mais piquée de magnolias était une image de son ambition ; déjà, dans les journaux et dans l'annuaire municipal, il savait distinguer du premier coup d'œil les noms qui comptaient : Sandeman, Blount, Heustace. Il avait payé la maison trois fois trop cher, et sa femme en mourut. Ce n'était pas parce qu'il avait payé la maison trop cher, mais parce qu'elle avait vu cet homme jusqu'alors supérieur en toutes occasions se mettre à singer ses voisins avec le naturel et la patience dont il avait fait preuve pour se cacher dans les fourrés près de la porte de la grande maison ; il avait ainsi conclu une sorte de traité de non-agression avec ses voisins — avec les maris, du moins, car les épouses restaient de glace et s'abstenaient de regarder de l'autre côté de la haie de buis et de troènes lorsqu'elles rentraient ou sortaient dans leurs limousines légèrement démodées.

Elle mourut, donc, et il embaucha un couple d'Italiens pour tenir la maison. Remarquez bien que ce n'étaient pas des Noirs : il n'était pas encore prêt. S'il avait la maison, le contenant, en quelque sorte, il n'était pas encore sûr de lui, pas encore prêt à affirmer dans la réalité l'intime conviction qu'il avait de sa propre supériorité ; il ne pouvait pas encore risquer cette image de lui-même qui naguère l'avait sauvé. Il n'avait pas encore appris que l'homme est le jeu des circonstances.

La maison fit son apparition il y a cinq ans, au moment où, commençant à apprendre, il brada sa première propriété pour faire construire ce palais de stuc plein de terrasses, de patios et de fer forgé : l'expression superlative de la station-service. L'idée était peut-être qu'en faisant cela, lui et eux — le paysan sans passé et les Noirs sans avenir —, ils se donnaient paradoxalement l'occasion de repartir de zéro.

Il n'avait donc que des Noirs à son service : trop de Noirs, plus qu'il n'en fallait. Mais il n'était pas parvenu à se faire à eux, ni même à se sentir à l'aise avec eux : le murmure continu des voix douces en provenance de la cuisine, tristes et pourtant toujours sur le bord du rire, le ramenait malgré lui — lui qui disait toujours « C'est pas » au lieu de « Ce n'est pas » et qui prisait son tabac bon marché en présence des hommes politiques locaux, des magistrats et des entrepreneurs de travaux publics — jusqu'à ce jour où, percevant la présence des dents et des yeux d'un nègre dans la pénombre du vestibule, il descendit, le dos raide, l'allée qui l'éloignait définitivement de la grande maison et de son enfance, flanqué de deux voix, l'une disant : « Tu ne dois pas courir » et l'autre : « Tu ne dois pas pleurer. »

« Alors j'ai gardé Tony et sa femme pour surveiller les Noirs, me dit-il, pour les occuper. » Peut-être croyait-il ce qu'il disait. Peut-être ne s'était-il pas encore avoué que son ambition — son illusion — était monstrueuse. En tout cas, il ne l'avait certainement pas avoué à sa fille qui, chaque matin, partait avec lui dans sa voiture, au moins jusqu'à ce qu'elle eût seize ans. Un an plus tard, c'était un Noir qui le conduisait en ville, car sa fille ne se levait plus avant dix ou onze heures, ayant passé la majeure partie de la nuit à danser et à se promener en voiture.

« Avec qui étais-tu hier soir ? » lui demandait-il ; et elle lui répondait de son air impassible et secret, elle qui, en dix-sept ans, en avait appris sur ce monde régenté par les femmes — un monde divorcé de toute réalité, de toute nécessité, et qui avait tué sa mère — plus que son père ne l'avait fait en quarante-huit ans. Elle lui citait les noms qu'il voulait entendre : Sandeman, Heustace, Blount. Et, quelquefois, elle ne mentait pas : il était vrai qu'elle avait rencontré l'un ou l'autre à un bal. Elle négligeait seulement de lui dire à quel bal, et en quel endroit : c'était le pavillon des jardins du West End, où les fils Blount, Heustace et Sandeman venaient, le samedi soir, avec de l'alcool de Govelli, séduire les dactylos et les vendeuses. Je l'ai vue là-bas, jeune fille presque fluette et un peu trop pomponnée malgré les deux mois passés dans un couvent de Washington. Martin lui-même l'y avait conduite, sans oublier une liste d'adresses soigneusement relevées dans *La Sentinelle* — « Miss Untel, fille de Mr. Untel, Sandeman Place, de retour dans notre ville pour les vacances ». Je les vois tous les deux lors de ce voyage de trente-six heures (c'était probablement pour l'un et l'autre leur premier contact avec l'univers des pullman, en dépit de sa situation à lui et du mince vernis qu'elle avait acquis à fréquenter le petit monde obséquieux des commis de magasin), tandis que derrière la fenêtre de la voiture-salon le paysage défilait et leur procurait cette inoubliable excitation des premiers voyages, cet amenuisement du moi, ce sentiment d'isolement et de séparation que nous éprouvons lorsque, pour la première fois, nous admettons l'évidence irréfutable de la nature sphérique de la Terre alors même que mentalement nous retombons à quatre pattes pour mieux nous cramponner, décontenancés que nous sommes par la rupture de l'armistice conclu avec l'horreur de l'espace.

Il est peu probable qu'ils échangèrent leurs impressions sur le paysage nouveau, sur les montagnes lointaines et profondes qui s'imposaient comme la dimension même de l'inconnaissable face à la conscience alors diminuée du paysan à la lèvre gonflée par le tabac à priser, muni de sa liste d'adresses notées au crayon, et accompagné de cette petite paysanne au cheveu couleur filasse qui est la marque et le pedigree du *redneck*[1]. Il n'empêche qu'avec son petit minois maquillé, elle demeurait sur ses gardes. Elle était de moins en moins bavarde. Chez son père, elle avait un certain naturel : elle était toujours à la hauteur des circonstances ; mais, à Washington, du seul fait de la distance et de ses origines rurales, tout se passait comme si elle avait perdu le bénéfice de ses prudentes années. J'aime les imaginer dans une auto de location, en train de faire le tour obligatoire des adresses utiles ; je la vois, elle, silencieuse, attentive, avec, poignant sur son petit minois superficiel et alerte, cette expression obscure, muette et profonde qu'on peut lire dans le regard des chiens, paraissant plus désavantagée, plus immanquablement paysanne que lui, qui tirait une certaine assurance de ses propres limites parce qu'il

1. Littéralement, « cou rouge » : terme dédaigneux associé à la classe rurale laborieuse du Sud. (*N.d.T.*)

n'en avait pas la moindre conscience, tant il est vrai que les femmes réagissent plus vite.

C'est lui qui fit toute la conversation en attendant dans des salles de réception qui évoquaient des parloirs de couvent où des sœurs et des mères supérieures (il avait opté pour une institution catholique car, voyez-vous, il nourrissait des rêves de grandeur à la Napoléon : lui aussi savait à l'occasion se hisser au-dessus des voix ancestrales qui déterminent un homme à son insu) apparaissaient dans un bruissement tranquille, leurs visages à fossettes empreints de la sérénité d'un autre monde. Il la laissa donc là, cette petite silhouette fluette et maladroite aux joues sillonnées de larmes et aux grands yeux mornes et rêveurs. « Si tu veux faire la connaissance de ces jeunes filles, disait-il, il faut bien que tu restes ici. Tu t'en feras des amies, et puis vous pourrez rentrer à Memphis dans la même voiture au moment du bal. » Il voulait dire le bal des Gardes Chickasaw. Je vais revenir là-dessus.

Il la laissa donc et rentra chez lui sans avoir changé de vêtements depuis son départ ; mais il avait une nouvelle boîte de tabac à priser. Il m'a raconté comment, se trouvant démuni de tabac, il avait dû quitter Washington pour la nuit et descendre loin en Virginie pour s'en procurer. Il m'a montré la boîte en la tripotant de ses doigts. « Elle m'a coûté cinq *cents* de plus, dit-il, et ça vaut pas ce qu'on trouve chez nous. Pas du tout. Si j'avais vendu ça quand j'avais le magasin, ils m'auraient forcé à décamper. » Il était assis, les pieds déchaussés, et il avait ouvert *La Sentinelle* à la page mondaine, où commençaient à apparaître les premières allusions au bal des Chickasaw.

Ce bal annuel, dit « bal des Gardes Chickasaw »,

était une institution. Le régiment avait été levé en 1861, et le premier bal datait de la même année. Blount, Sandeman, Heustace — ils s'y étaient tous retrouvés dans leurs uniformes flambant neufs entre les pizzicati de l'orchestre et les havresacs empilés dans le vestibule. À minuit, le train militaire partit pour la Virginie. Quatre ans plus tard, dix-huit d'entre eux étaient de retour, portant encore à la boutonnière de leur tunique élimée les roses fanées de cette soirée-là. Pendant les quinze années qui suivirent, les choses prirent un tour politique : les Gardes devinrent pratiquement une organisation secrète, dont les membres étaient disséminés dans le Sud, et sous le coup d'une interdiction fédérale. Puis le régime des *carpetbaggers*[1] mit fin à l'entreprise ; alors les Gardes devinrent une organisation mondaine tout en conservant un cadre militaire — celui d'une unité de la Garde nationale. Désormais, il y avait donc deux organisations distinctes, dotées d'un état-major minimum d'officiers de carrière — un colonel, un commandant, un capitaine et un officier de grade inférieur — qui, par tolérance, était admis à la principale manifestation annuelle : le bal de décembre, au cours duquel étaient présentées les débutantes. En fait, la hiérarchie était sociale et pratiquement héréditaire : on conférait aux officiers des grades intrépidement copiés sur ceux de l'armée, mais, avec un mépris souverain de la tradition militaire, on inversait l'importance croissante des grades. Ainsi, pour être colonel il suffisait de le demander, alors que le grade de caporal porte-enseigne crédi-

1. Littéralement, porteurs de sacs en moquette : aventuriers venus du Nord profiter de la « restauration » dans le Sud après la guerre de Sécession. (*N.d.T.*)

tait son titulaire d'un sens de l'honneur comparable à celui que possédait Lancelot, d'une pureté de motivation égale à celle de Galaad, d'un pedigree tel que celui de Man O'War[1]. Lorsque la guerre éclata en Europe, les Gardes reprirent du service — les Sandeman, les Blount, les Heustace — sans oublier le caporal porte-enseigne.

Ce porte-enseigne était le Dr Blount, un célibataire d'environ quarante ans. Il y avait trente-cinq ans que la présidence était dans sa famille, et, quand Martin était allé le voir quinze jours après avoir laissé sa fille à Washington, il y avait douze ans qu'elle lui était échue à lui personnellement. Ce n'est pas Martin qui m'a raconté cela. Non qu'il eût reculé devant l'aveu d'un revers temporaire ; mais il sentait probablement qu'il allait essuyer un échec, peut-être parce que, pour la première fois de sa vie, il était contraint de sortir de son bureau pour acheter au lieu d'y rester pour vendre.

Comprenez : il n'y avait personne qu'il pût interroger. Il savait que dans cette affaire, les magistrats et les commissaires qu'il avait dans sa poche ne pesaient pas lourd, malgré leurs cols de chemise de lin. Il n'aurait certes pas hésité à les solliciter ; en effet, encore une fois comme Napoléon, il n'aurait pas hésité à mettre ses illusions au service de ses desseins — ou l'inverse, si vous préférez. C'est ainsi qu'un homme acquiert du savoir-faire en mettant ses desseins au service de ses illusions. S'il met les réalités au service de ses desseins, il s'enferme dans la routine.

Il alla donc trouver le Dr Blount, le président héréditaire, qui avait, tel un avoué, une sorte de clientèle

1. Nom d'un cheval de course célèbre aux États-Unis à l'époque. (*N.d.T.*)

héréditaire de vieilles dames qui le faisaient venir à leur chevet pour des questions de régime alimentaire et divers maux convenables ; on lui offrait parfois une tasse de café ou un verre de vin servi par un maître d'hôtel noir qui l'appelait « Mister Harrison » et lui demandait des nouvelles de Madame sa mère.

Il n'en avait pas moins un cabinet médical, c'est là que Martin et lui se trouvèrent face à face de part et d'autre de son bureau — le docteur avec son visage émacié et son regard interrogateur au-dessus du nez fin que chaussait son pince-nez, le visiteur dans son costume piteux et froissé, avec sur son visage cet air maladroit et ce sentiment de l'échec à la fois présent et informulé que sa fille avait éprouvé à Washington ce jour-là.

Après un moment, Blount dit : « Vous souhaitiez me voir ?

— Je crois pas que vous savez qui je suis », dit Martin. Ce n'était pas une question ni une manière de s'effacer ; c'était tout bonnement une incitation à dresser un simple constat, dont l'objet n'avait pas plus d'importance pour l'un que pour l'autre.

« Je n'ai pas ce plaisir, en effet... Vous désiriez peut-être...

— Je m'appelle Martin. » Blount le regarda. « Dal Martin. » Blount le dévisagea en levant un peu les sourcils. Puis ses yeux se vidèrent d'expression tandis que Martin le regardait.

« Ah, dit Blount, je me souviens maintenant. Vous êtes... entrepreneur, n'est-ce pas ? Je me souviens d'avoir vu votre nom dans le journal à propos du pavage de Beauregard Avenue. Mais je ne fais pas partie du conseil municipal, et je crains bien... » Son visage s'éclaira. « Ah, je vois. Vous êtes venu me parler du projet de nouveau manège pour les Gardes Chickasaw. Je vois. Mais je...

— C'est pas ça », dit Martin.

Blount se tut, les sourcils légèrement levés. « Alors qu'est-ce que... » Et Martin le lui dit. Je suppose qu'il lui dit la chose carrément, en une seule phrase, sans fioritures. Et, pendant une minute, le cœur de Martin dut cesser de battre, tandis que les ombres qui veillaient sur lui se penchaient un peu plus et retenaient un cri d'exultation en constatant que le docteur restait silencieux derrière son bureau. « D'où votre famille est-elle originaire, Mr. Martin ? » demanda Blount. Il le lui dit, et il parla aussi de sa fille. Blount écoutait avec un intérêt froid auquel se mêlait cette connaissance du monde féminin qui manquait à Martin, qui lui manquerait toujours, et qui avait déjà permis à Blount de percer à jour les illusions qu'il nourrissait sur sa fille.

« Ah, dit Blount. Je ne doute pas que votre fille est tout à fait digne des honneurs auxquels elle est évidemment destinée. » Il se leva. « Est-ce tout ce que vous me vouliez ? »

Martin ne bougea pas. Il regarda Blount. « Je paye en liquide. Il est pas question d'un chèque.

— Vous avez l'argent sur vous ?

— Oui, dit Martin.

— Bien le bonjour, monsieur », dit Blount.

Martin ne bougea pas. « Je double la mise, dit-il.

— J'ai dit : Bien le bonjour, monsieur », répéta Blount.

Ils se regardèrent l'un l'autre. Martin ne bougeait toujours pas, si bien que Blount appuya sur un bouton sous les yeux de Martin. « Vous savez sûrement que je peux vous fourrer des bâtons dans les roues », dit-il. Blount traversa son cabinet et ouvrit la porte. La secrétaire apparut.

« Veuillez raccompagner monsieur », dit-il.

Mais Martin n'abandonna pas. Je le vois, assis à son bureau, ses pieds déchaussés posés sur le tiroir ouvert, la lèvre inférieure légèrement gonflée ; il était convaincu que les hommes se laissent mener par leurs désirs. « C'est l'argent, dit-il. Comment un type pareil peut-il avoir de tels besoins d'argent ? Je n'y comprends rien. »

Il ne comprit qu'un an plus tard. Sa fille était rentrée, deux mois après qu'il l'eut quittée à Washington, et une semaine avant le bal. Il alla la chercher à la gare. Elle descendit du train en pleurant, et ils restèrent tous deux un moment sous l'auvent du quai, elle pleurant dans le pardessus de son père, et lui, lui tapotant maladroitement le dos. « Allons, allons, dit-il. Allons, allons. Ça n'a pas d'importance. Ça ne change rien. Tu peux rester chez nous si tu préfères. »

L'absence lui avait été bénéfique ; le chagrin, le mal du pays, la nostalgie lui avaient physiquement réussi ; la nostalgie, cette peur innée des villes que le paysan ne perd que lorsqu'il a réussi à se tailler dans une ville donnée un coin de vie plus bucolique parce que plus confortable que l'existence qu'il a menée à la campagne, et que sa chair a connue avant d'être sa chair. Martin se dit d'abord que c'étaient les autres filles du couvent qui l'avaient rendue malheureuse. « Tu vas voir, dit-il, tu vas voir. Elles ne perdent rien pour attendre. » La mère supérieure déclara dans une lettre que la jeune fille avait été sérieusement malade. Cela se voyait. Mais elle allait beaucoup mieux. C'était comme si, pour la première fois de sa vie, elle avait dû affronter une situation telle qu'elle n'avait pas pu se cacher derrière ce coûteux petit masque de rouge à lèvres et de poudre de riz affublés de noms pseudo-français et appliqués avec le chic d'une serveuse de buffet de gare toquée de Hollywood — se cacher derrière ces petites manies citadines et cette inépuisable passion que les femmes mettent au service des menus travaux domestiques auxquels elles s'accrochent avec un art consommé, beaucoup plus ancien et beaucoup plus adapté qu'aucun des articles de foi qu'ont pu s'inventer les hommes.

Cette phase ne dura pas longtemps. Bientôt, on revit son petit minois alerte et maussade en une série d'apparitions successives dans les night-clubs affublés de faux air new-yorkais — les « Chinese Gardens », les « Gold Slippers », les « Night Boats » — ; mais toujours il y avait dans son visage cette expression dominante d'incrédulité, de doute : c'était en elle le sang paysan qui se refusait encore à accepter tout à fait la réalité du crédit illimité dont elle jouissait chez les marchands de lingerie, de fourrure et d'automobiles. Et elle continuait de dire à son père que ses cavaliers avaient pour nom Blount et Sandeman.

Il ne les voyait jamais. Il était trop occupé ; d'ailleurs, il avait trouvé comment influencer ce type pour qui l'argent ne comptait pas. De toute façon, il n'aurait pas fait d'objection du moment que ce n'étaient pas des voyous du genre Popeye, Monk, ou Red, ceux qu'il utilisait « ni plus ni moins qu'une mule ou qu'une charrue. Mais pas de voyous, disait-il. Je ne veux pas te voir avec des voyous ».

C'était la seule restriction qu'il imposait à sa fille. Car il était trop occupé ; c'était l'année suivante, à la fin de l'hiver, alors qu'il était assis à son bureau, les pieds posés sur le tiroir, pensant au Dr Blount, que tout à coup il découvrit la solution. Il était évident qu'on ne pouvait pas influencer cet homme-là par l'appât du gain ; la solution, c'était de lui proposer de financer la construction du nouveau manège, en échange de quoi le nom de sa fille figurerait sur la liste annuelle des invités du bal.

Il ne lui venait pas à l'esprit qu'il pût échouer. Il partit aussitôt, à pied, sans se presser. C'était comme si tout était réglé, comme si deux lettres, l'une posant la question, l'autre fournissant la réponse, tombaient simultanément dans une boîte aux lettres. Tant qu'il n'avait pas franchi le seuil du bâtiment, il ne pensait même pas à Blount. Je l'imagine, cet homme si ordinaire qu'on le remarquerait à peine dans la rue, marchant d'un pas assuré, entrant dans l'immeuble après avoir marqué un temps d'arrêt, son visage s'éclairant d'une illumination subite, d'une certitude, tandis que les ombres tutélaires levaient haut derrière lui leurs mains triomphantes. Et puis il reprend sa marche après cette pause à peine perceptible, il monte au dixième étage et pénètre dans le cabinet qu'on lui a naguère enjoint de quitter ; en une seule phrase, il fait carrément son offre : « Mettez le nom de ma fille sur la liste, et je ferai construire un musée qu'on baptisera du nom de votre grand-père qui a été tué dans la cavalerie de Forrest en 1864. »

Et maintenant j'imagine le Dr Blount. On peut presque l'entendre se dire : « C'est pour la ville, c'est pour mes concitoyens ; je n'en tirerai aucun avantage personnel, rien de plus que le plus modeste habitant de la ville. » Mais le fait même qu'il fût obligé d'en débattre intérieurement en dit long. Peut-être était-ce en partie parce que, tout en étant dans l'impossibilité de dire la vérité, il ne pouvait pas non plus laisser la ville croire à une fable ; peut-être lui arriva-t-il de penser que c'était un rêve, qu'il avait seulement rêvé les mots irrévocables ; peut-être, de temps en temps, ce printemps-là, sut-il croire à cette fiction pour se demander : *Comment ai-je pu dire oui ? Comment ai-je pu accepter ?* C'est que, voyez-vous, quelque chose parlait en lui : c'était la voix du sang, ce vieux sentiment de l'honneur qui est mort partout aux États-Unis hormis dans le Sud, où il a été entretenu par quelques vieilles dames qui, bien qu'elles aient dû s'incliner en 1865, ne se sont jamais rendues.

Ainsi donc un jour, le jour où les choses étaient devenues irréversibles — où, sur le site proposé, apparut la plaque de métal avec, en lettres toutes neuves, les mots : « Musée Blount. Architectes : Windham et Healy » — il alla dans la soirée rendre visite à l'une de ses patientes, l'une de ces dames qui, depuis quinze ans, le consultaient presque chaque fois qu'elles ouvraient une fenêtre. Elles aussi, elles l'entendaient, cette voix. N'allez pas croire qu'elle lui conseilla de faire ce qu'il fit : elle se contenta probablement de rire, moitié par sympathie, moitié par mépris — et c'est peut-être cela qu'il ne put supporter — ce soir-là, donc, il alla voir Martin. Il avait vieilli de dix ans, raconta Martin ; il refusa de s'asseoir et, debout au beau milieu de la pièce, il annonça sans détour ce qui l'amenait :

« Je me vois dans l'obligation de rompre notre engagement.

— Vous voulez dire que...

— Oui. Une annulation pure et simple.

— Le contrat est signé et on est prêt à commencer les fondations », dit Martin.

Blount fit un geste bref. « Je sais. » De sa poche intérieure il tira une liasse de papiers. « J'ai ici des titres d'une valeur de cinquante mille dollars qui m'appartiennent personnellement. » Il s'approcha et les posa sur la table à la portée de la main de Martin. « Si cela ne suffit pas, vous accepterez peut-être un billet à ordre pour la somme qui vous conviendra.

— Non », dit Martin sans même regarder les titres.

Blount demeurait immobile à côté de la table, la tête penchée. « Je n'ai peut-être pas été suffisamment explicite. Je veux dire que...

— Vous voulez dire que, quelle que soit ma réponse, vous avez décidé d'ôter son nom de la liste ? » Blount ne répondit pas. Il demeurait près de la table. « Vous ne pouvez pas faire ça. Sinon, il va falloir que j'explique tout à l'entrepreneur, peut-être même aux journaux. Ça ne vous était pas venu à l'idée ?

— Si, dit Blount, ça m'était venu à l'idée.

— Alors je vois pas très bien ce qu'on peut faire. Et vous, vous voyez ?

— Non », dit Blount. Sur la table il prit quelque chose qu'il reposa, puis il fit demi-tour et se dirigea vers la porte. Il jeta un coup d'œil autour de la pièce. « Vous êtes bien installé, ici, dit-il.

— Ça nous convient », répondit Martin. Blount se dirigeait vers la porte, suivi des yeux par Martin. « Vous avez oublié vos titres », dit celui-ci. Blount fit demi-tour. Il revint sur ses pas, prit les titres, et les remit soigneusement dans la poche de son veston.

« Je voudrais que les choses soient claires entre nous, dit-il. Mais si je pouvais les rendre claires, vous ne seriez pas ce que vous êtes, et je n'aurais pas à le faire. Et je ne serais pas non plus ce que je suis, de sorte que ça n'aurait aucune importance. »

Il sortit alors, et le valet noir — qui le connaissait — referma la porte derrière lui. Déchaussé comme à l'ordinaire, Martin resta assis dans son salon caverneux où résonnèrent les gloussements étouffés mais exultants de ses ombres.

Il était toujours déchaussé quand j'entrai dans son bureau le lendemain matin. « Vous avez vu la nouvelle ? lui dis-je.

— Quelle nouvelle ? demanda-t-il. J'ai pas encore vu le journal.

— Comment ? Vous ne savez pas que Blount s'est suicidé la nuit dernière ?

— Le Dr Blount ? Fichtre alors ! Il avait donc flambé son argent !

— Quel argent ? Comment aurait-il pu faire ça, puisque le patrimoine de la famille a été confié à un avocat ?

— Alors pourquoi il s'est suicidé ? demanda Martin.

— C'est ce que, depuis huit heures ce matin, cent mille personnes se demandent.

— Fichtre alors, dit-il. Pauvre gars. Quel idiot ! »

Martin, lui, ne voyait pas le rapport. Avec la méfiance innée et dénuée d'inhibition qu'ont les paysans à l'égard de toutes les femmes, même les leurs, il ne pouvait pas concevoir que la présence d'une femme de plus ou de moins où que ce soit pose problème à un homme : quant au sens de l'honneur... À sa manière, il n'en était pas dépourvu. Ou peut-être s'agissait-il simplement pour lui de respecter le marché conclu. Quoi qu'il en soit, la construction du musée continua ; en novembre, quand *La Sentinelle* publia la liste annuelle des débutantes où figurait le nom de sa fille, la structure sereinement attique du bâtiment était achevée, pour ce qui est de l'extérieur avec, en arrière-plan, le parc aux frondaisons flétries.

C'est donc ainsi que, quinze jours avant le début de cette histoire, il avait pu lire le nom de sa fille là où sa conviction, ou son illusion, l'avait inscrit dix ans auparavant ; et, maintenant, assis à son bureau, il ne bougeait pas plus que lorsque Govelli l'avait quitté. Le téléphone sonna. Sans changer de position, il tendit la main, tira l'appareil vers lui, et décrocha. C'était Govelli.

« Oui... Ils l'ont relâché ? La voiture aussi ?... Conduisez-la chez moi et dites-lui ce que je vous ai dit. » Il raccrocha le récepteur. « Sacrés ritals, dit-il. Heureusement que j'ai la tête sur les épaules... » Sans bouger, il regarda le téléphone. « Oui, dit-il, heureusement que j'ai la tête sur les épaules. » Il ouvrit le tiroir et en sortit une boîte de tabac à priser, une boîte pareille à celles qu'on aurait pu trouver dans les poches de dix mille combinaisons dans un rayon de dix milles autour de la ville ; il l'ouvrit et se versa soigneusement une petite mesure de tabac qu'il plaça à l'intérieur de sa lèvre inférieure ; puis il rangea la boîte. Sa lèvre inférieure faisait légèrement saillie, comme celle de milliers de paysans accroupis sur les galeries délabrées des petits magasins perdus dans la campagne.

Il était toujours assis à son bureau quand le détective en civil apporta le procès-verbal, la citation à comparaître. « C'est un de ces blancs-becs, dit le détective. Il aurait dû y regarder à deux fois. J'ai dit à Hickey qu'on devrait le renvoyer pour n'avoir pas reconnu cette auto jaune, et que si personne ne lui avait jamais appris à la reconnaître, c'était pas seulement lui mais Hickey qu'il fallait renvoyer. » De son veston de serge, sale et lustré, il extirpa un portefeuille graisseux d'où il tira la citation, qu'il posa sur le bureau. « Mais cet imbécile a continué : il a rédigé le procès-verbal et il a procédé à l'arrestation en raison du fait qu'elle refusait de payer. Il l'a emmenée au poste alors même qu'elle ne cessait de lui dire qui elle était. Alors Hickey a mouché le jeune flic, mais il était trop tard : l'imprimé était déjà rempli, il y avait ces deux journalistes qui traînaient là, au commissariat, à cause de Popeye, et toutes ces satanées bonnes femmes qui criaient à la corruption. »

Martin jeta un regard sur la citation, sans la toucher. C'était la première fois qu'elle lui causait un réel désagrément. Comprenez : il avait la maladresse en horreur, car la maladresse ne passe jamais inaperçue, même s'il ne s'agit que d'un feu rouge grillé. Mais sa fille en grillait un de temps en temps, et il y a fort à parier que cet agent devait être le seul habitant de la ville à ne pas connaître son roadster citron. Son père ne cessait de le lui dire : plus une loi est insignifiante, plus il faut la respecter. Il ne le disait pas dans ces termes, bien sûr. Il devait lui faire des sermons sur l'obéissance aux lois qui auraient eu leur place dans des bulletins paroissiaux. Il n'empêche que ces lois, elle ne les respectait pas toujours. Ses infractions n'étaient pas fréquentes mais trop quand même pour lui, qui, maintenant que son ambition était satisfaite, ne comprenait sans doute pas comment elle pouvait éprouver le besoin de faire autre chose que végéter dans l'attente de ce fameux jour de décembre.

Il resta donc immobile à regarder la citation, et le détective, comme Govelli, installa sa jambe sur le bord du bureau et ôta son chapeau melon, du ruban duquel il tira un demi-cigare qu'il ralluma. Depuis que le Sud s'est réveillé, il y a environ vingt-cinq ans, nos villes n'ont eu de cesse qu'elles n'imitent Chicago et New York. Nous y sommes arrivés, mieux que nous ne pouvions l'espérer. Mais nous demeurons aveugles à l'évidence : nous ne voulons pas voir que de son modèle on ne copie que les vices, que la vertu est accidentelle même chez ceux qui la pratiquent. Dans notre corruption il reste donc une sorte de maladresse joviale, une espèce d'innocence anarchique, exaspérante ; et, pensif, les yeux fixés sur la citation, il ruminait sans doute toutes ces heures qu'il passait à huiler la machine de la corruption. Ils entendirent dans le corridor le claquement d'une paire de talons aiguilles : la porte s'ouvrit, c'était sa fille.

Le détective se laissa glisser du bureau, ôta le cigare de sa bouche et souleva son chapeau. « B'jour, Miss Wrennie », fit-il. La jeune fille lui jeta un seul et bref regard, méfiant et pugnace, et elle se dirigea vers le bureau, dont elle fit le tour. Martin prit la citation.

« L'affaire est réglée, dit-il. Tu peux dire à Hickey que je m'en occupe.

— Je lui dirai, dit le détective. Si ça tenait qu'à nous, mademoiselle pourrait griller autant de feux qu'il lui plaît, qu'ils soient rouges, verts, bleus ou violets. Mais vous savez comment ils sont, ceux qui veulent tout chambarder dès qu'ils trouvent l'occasion de protester. Moi, je dis que si les femmes restaient simplement chez elles à s'occuper de ce qui les regarde, elles y trouveraient de quoi rester tranquilles. Mais vous les connaissez, et puis les journaux s'en mêlent.

— Oui. J'en fais mon affaire. Merci beaucoup. » Le détective sortit. Martin reposa la citation sur le bureau et se cala dans son fauteuil. « Je t'ai pourtant bien prévenue, dit-il, que je ne voulais pas de ça. Pourquoi faut-il que tu recommences ? Tu as quand même bien le temps de t'arrêter aux feux ! »

Debout près du fauteuil, la jeune fille répondit : « J'avais déjà traversé à moitié quand il est passé au rouge. Je... » Il la regardait. « J'étais pressée... » Il la voyait penser, il savait à l'avance ce qu'elle allait lui dire : ses yeux, derrière son petit masque maquillé, couraient en tous sens comme des souris effarées.

« Où allais-tu donc pour être pressée à ce point ?

— Je... nous... nous allions déjeuner au Gayoso. Nous étions en retard.

— Nous ?

— Oui. Jerry Sandeman.

— Il est à Birmingham aujourd'hui. Je l'ai lu dans le journal.

— Il est rentré hier soir. » Elle parlait avec cette voix légère, rapide et sèche que prennent les enfants pour mentir. « Le déjeuner était en son honneur. »

Il la regarda à travers cet aveuglement, cette stupidité qui accompagnent la réussite. « C'est pour le bal qu'il était venu te voir ?

— Le bal ? » Il y avait entre eux comme un abîme de désespoir, et elle le regarda comme un animal aux abois, traqué, débusqué, paralysé. « Non et non, s'écria-t-elle d'une petite voix fluette, je ne veux pas y aller !

— Allons, allons ! » dit-il. Puis il regarda de nouveau la citation. « Les feux rouges, tu sais, c'est pour ton bien, à toi aussi. Imagine que tu renverses quelqu'un. Imagine que quelqu'un grille un feu rouge et te renverse alors que tu fais tes courses. Faut pas oublier qu'il y a du bon comme du mauvais dans les lois. Ça marche dans les deux sens, si tu veux bien te donner la peine d'y réfléchir.

— Oui. C'est promis. Je ne recommencerai plus.

— C'est ça. Ne recommence plus. »

Elle se pencha pour l'embrasser sur la joue. Il ne bougea pas. Il la regarda traverser la pièce sur ses petits talons aiguilles, avec sa robe de couleur vive, dans un cliquetis de bijoux. La porte claqua sur elle. Il s'essuya la joue avec son mouchoir et soumit tranquillement la faible trace écarlate à un examen. Puis il déchira la citation et en jeta les morceaux dans le crachoir.

Une demi-heure plus tard il était toujours assis à la même place, parfaitement immobile. Seule sa lèvre inférieure était animée de mouvements lents. Le téléphone sonna. C'était encore Govelli.

« Quoi ? dit Martin. Si c'est encore à propos de ce camé...

— Attendez, dit Govelli. C'est une sale histoire. Il a renversé une femme en pleine rue en allant vous livrer la marchandise. Elle était sur la chaussée, et un flic l'aidait à changer une roue. Il l'a coincée entre les deux voitures. Le flic qui l'aidait à réparer l'a immédiatement épinglé. » La main crispée sur le récepteur, Martin ne cessait de jurer — et la petite voix poursuivait : « ... grièvement blessée... l'ambulance... s'ils le cuisinent et s'il se met à table...

— Le quitte pas d'un pouce, dit Martin. Empêche-le de parler. » Il reposa brutalement le récepteur, puis il se dirigea rapidement vers un coffre-fort, qu'il ouvrit pour en sortir un second téléphone. Il n'eut pas besoin de demander un numéro. « L'un des types de Govelli vient de renverser une femme dans la rue. Il est au poste. Il faut qu'il quitte la ville immédiatement. »

Le fil bourdonna un moment. Puis la voix répondit : « Ça sera pas facile, cette fois. Les journaux sont déjà...

— C'est les journaux ou c'est moi que tu préfères avoir aux fesses ? »

Il y eut un nouveau silence. « D'accord. Je m'en occupe.

— Et tu me rappelles dès que tu sais quelque chose. »

Il raccrocha, mais il ne remit pas le téléphone dans sa cachette. Il resta debout devant le coffre ouvert, le téléphone à la main, pendant presque vingt minutes. Il était immobile. Seul son menton remuait lentement. Le téléphone sonna.

« Ça y est, dit la voix. On lui a fait quitter la ville avant qu'il se mette à parler.

— Bien. Et la femme ?

— Elle est à l'hôpital de la Charité. Dès que j'aurai des nouvelles, je vous les communique.

— Bien. »

Il replaça le téléphone dans le coffre, qu'il referma. Puis il le rouvrit et en sortit une bouteille de whisky. En se versant à boire, il se souvint des deux caisses qui devaient être livrées chez lui, et qui étaient maintenant dans l'auto de Popeye, au poste de police. « Sacrés ritals », dit-il. Après avoir avalé son whisky, il revint à son bureau. Au moment où il allongeait le bras vers le téléphone, la sonnerie retentit. Il attendit longtemps, la main posée sur l'appareil, sa lèvre inférieure remuant lentement contre sa gencive. La sonnerie s'interrompit. Il porta le récepteur à son oreille. C'était l'hôpital de la Charité qui lui annonçait que la jeune fille était morte sans reprendre connaissance, et que...

« La jeune fille ? demandai-je.

— Celle que Popeye avait renversée, dit Don Reeves en me regardant. Je ne vous l'avais pas dit ? C'était sa fille. »

NEIGE

« Papa, dit l'enfant, c'était comment l'Europe avant que tous les gens là-bas se mettent à les détester, les Allemands, et à avoir peur d'eux ? »

L'homme ne répondit pas. Il était assis en train de lire un journal déployé devant lui ; seules apparaissaient ses mains sortant de manches kaki galonnées, ses jambes dans un pantalon de gabardine sans revers, et ses pieds dans des chaussures militaires à brides. Le dimanche de l'attaque de Pearl Harbor, il était architecte ; c'était un architecte de renom, un mari, un père, approchant de la quarantaine. Le lendemain, après de laborieuses recherches, il avait retrouvé le dossier remontant aux années de sa jeunesse passées dans une école militaire, et maintenant il était officier subalterne dans le génie, et il passait trois jours de permission chez lui après avoir terminé son stage de perfectionnement, dans l'attente de son ordre de route, pour quelle destination, il n'en savait encore rien.

Il ne répondit pas à la question de l'enfant. Le journal ne trembla pas lorsqu'il lut dans une page intérieure ce qui n'était même pas un titre d'article mais la légende d'une photo : LE GAULEITER DE CZOD-

NIE ASSASSINÉ PAR SA COMPAGNE, et sous le titre, deux bélinogrammes un peu flous, l'un représentant le visage aux traits réguliers d'un Prussien au regard froid et à l'expression blasée — un visage qu'il n'avait jamais vu, qu'il ne verrait jamais à présent, et que d'ailleurs il avait aucune envie de voir — et l'autre, le visage de cette femme qu'il avait vue autrefois et qu'il n'avait aucune envie de revoir ; un visage qui avait un peu vieilli depuis quinze ans et qui n'était plus du tout celui d'une paysanne, car les montagnes et la vallée paisible qui l'avaient modelé avaient disparu à jamais de ce visage, effacées par l'éclat triomphal de quatre ou cinq années de domination, de ravages, de souffrances infligées, de sang versé, et sous les deux photos, il y avait trois lignes de texte dans un encadré bien net, semblable à une notice nécrologique : *On apprend de Belgrade que le général von Ploeckner, gauleiter de Czodnie, a été assassiné la semaine dernière à coups de poignard par une Française qui était sa compagne depuis de longues années.*

« Elle n'était pas française, dit l'homme. Elle était suisse.

— Qu'est-ce que tu dis, papa ? » demanda l'enfant.

Quand nous eûmes contourné l'épaule de la montagne, nous retrouvâmes le soleil. Au-delà de la courbe du rempart de neige sale que le chasse-neige avait entassé sur les bas-côtés, la vallée tout entière apparaissait à nos pieds, gorgée de soleil ; c'était une sorte de lac de lumière tranquille, silencieux, doré, aussi immobile que la retenue d'un bief, gardant en suspension la neige aux reflets violets du fond de la vallée, et effleurant dans l'ultime instant de la tombée du jour le clocher de l'église, les cheminées de l'usine qui le dépassaient et les flancs de la montagne qui se ruaient en vagues de pierres rigides et silencieuses jusqu'à la neige des sommets, neige rose, safran et lilas qui ne fondrait jamais, alors que dans la vallée c'était le printemps et qu'à Paris les marronniers étaient déjà en fleur.

Et puis nous aperçûmes le cortège funèbre. Don s'était arrêté auprès du muret sale et à moitié effondré et il examinait le fond de la vallée avec ses jumelles Zeiss. Il les avait achetées cinquante lires chez un brocanteur de Milan. Ce n'était en fait que des demi-jumelles Zeiss car elles n'avaient qu'un seul verre mais, disait Don, après tout elles m'ont coûté quelque chose comme deux dollars quarante et à ce prix-là même des jumelles sans verres, même des boîtes de conserve avec la signature de Zeiss seraient une affaire. Au temps de leur splendeur, c'était probablement les meilleures jumelles que Zeiss ait jamais fabriquées car aujourd'hui, dans la mesure où l'utilisateur, privé du secours de l'autre œil, voulait bien endurer la souffrance, il avait l'impression que son globe oculaire était arraché de son orbite comme s'il s'agissait d'une bille d'acier soumise à l'attraction d'un puissant aimant. Mais bien vite nous avions compris qu'il fallait changer d'œil toutes les cinq ou dix secondes pour répartir la tension ; c'est ce que Don faisait maintenant, collé au parapet sale, jambes écartées, tel un officier de quart appuyé contre le rebord de la passerelle. Il était californien. Il avait la forme, et presque le volume d'un silo à blé. « La neige, j'adore ça, dit-il en changeant d'œil. Chez nous, il n'y en a jamais, sauf à Hollywood. Demain, quand on quittera la Suisse, en souvenir de toi, je remplirai de neige la jumelle qui n'a pas de verre.

— Un peu de neige, ça ne peut lui faire que du bien.

— Et un steak, pourquoi pas un steak ? »

Bientôt je constatai qu'il n'avait pas changé d'œil depuis cinq... six... huit... dix secondes ; je sentais moi aussi venir ce moment de douleur insupportable avant que jaillissent les larmes aveuglantes, cautérisantes ; puis il abaissa les jumelles, tourna la tête, l'œil humide, en se penchant un peu comme s'il saignait du nez tandis que les larmes ruisselaient sur son visage. « Ils transportent un homme, dit-il.

— *Qui* transporte un homme ? » demandai-je. Je pris les jumelles et je la sentis, cette douleur ; ce n'était pas seulement le globe oculaire collé au verre qui semblait me sortir du crâne, mais on eût dit qu'il attirait l'autre œil, le faisait passer derrière le nez et finalement s'installer dans l'orbite devenue vide. Je passai les jumelles d'un œil à l'autre. Mais j'avais déjà repéré le cortège. Ils avançaient lentement au fond de la vallée, minuscules, et se dirigeaient vers le village, projetant devant eux sur la neige des ombres démesurément longues. Un point, puis deux fois deux points qui faisaient bloc avec leur fardeau, puis un autre point, puis deux autres l'un derrière l'autre, et le personnage qui était juste derrière ceux qui portaient le corps était en jupe.

« Le type qui ouvre la marche, c'est un curé, dit Don. Passe-moi les jumelles. » Nous nous les passâmes à tour de rôle mais, derrière le cortège, on ne voyait qu'un éboulis de rochers au pied de la montagne, à l'endroit où ils étaient soudain apparus ; pas une maison, pas une cabane d'où l'on aurait pu sortir un corps mais seulement ce chaos de rochers au pied de la montagne et ce fracas silencieux d'escarpements où même la glace ne pouvait s'accrocher, jusqu'à l'endroit là-haut où l'ombre du rebord rocheux qui disparaissait dans une courbe avait la minceur d'un fil. Puis je m'aperçus que les traces que laissaient dans la neige les fourmis humaines ne se voyaient pas seulement derrière leurs pas mais qu'elles se poursuivaient en avant du cortège. Je tendis les jumelles à Don et m'essuyai le visage avec mon mouchoir. « Ils sont allés le chercher et maintenant ils reviennent, fit Don. Il a dû tomber.

— C'est peut-être un sentier ou une route ? »

Don prit les jumelles et se passa la courroie pardessus la tête. Le brocanteur de Milan n'avait jamais pu trouver l'étui ; il l'avait peut-être vendu auparavant pour cinquante lires. « Il a dû tomber, dit Don. Toi pas aimer ?

— J'ai dit, ça va, répondis-je. Il faut partir. Tu as vu le soleil ? » En effet le soleil avait disparu ; il avait quitté la vallée pendant que nous demeurions là à observer la scène ; à présent, seules les cimes le retenaient, qui, couvertes d'une neige aussi rose et aussi immatérielle qu'un nuage, se découpaient sur un ciel virant déjà du vert au violet. Nous reprîmes notre marche. La route descendait en lacet, et en contrebas s'enfonçait dans la pénombre. On commençait à voir des lumières dans le village, vacillantes et tremblotantes, tels des points lumineux perçus au-delà d'une étendue d'eau ou bien à travers une épaisseur d'eau. Puis soudain il n'y eut plus de neige du tout ; elle était derrière nous, nous en étions sortis ; la température avait baissé instantanément, comme si l'éclat de la neige avait dégagé une sorte de chaleur ;

maintenant au contraire c'était le crépuscule et le froid. Tout à coup le village que nous avions pourtant aperçu quelques instants auparavant avait basculé, et je me dis une fois de plus que dans ce pays il n'y avait pas un mètre carré de terrain vraiment plat ; c'était d'en haut seulement que les villages au fond des vallées semblaient construits à l'horizontale. Lorsqu'on faisait une chute, la terre entière paraissait peut-être plate comme ça, ou bien peut-être on n'osait pas regarder, ou au contraire on ne pouvait s'empêcher de regarder. « Tu aimes toujours la neige ? On ferait peut-être bien de remplir les jumelles tout de suite pendant qu'il y en a encore un peu.

— Peut-être moi pas aimer maintenant », répondit Don. Il marchait devant ; d'ailleurs il descendait toujours plus vite que moi. Il arriva dans la vallée le premier ; les montagnes avaient disparu, tout comme la neige, et puis ce fut la vallée, et très vite le village ; nous marchions dans une rue pavée, qui montait à nouveau ; là aussi Don arriva en haut le premier. « Ils sont dans l'église, dit-il, plusieurs en tout cas, un ou deux à coup sûr, un au moins est entré. » À mon tour, je vis le petit clocher carré en pierre, aux lignes sévères, qui aurait pu dater des rois lombards, et la lumière des cierges qui, par la porte ouverte, tombait sur un groupe de personnes, des hommes, des femmes, et même un ou deux enfants rassemblés là devant la porte, en silence. Un jour, devant le mur nu d'une petite prison en Alabama, j'avais vu un groupe semblable qui attendait pour assister à une pendaison. Nos chaussures à clous frappaient vigoureusement le pavé et résonnaient comme les sabots de chevaux de trait montant une côte sans même avoir à modifier leur allure. Don obliqua vers le groupe.

« Attends un peu, lui dis-je. D'accord, il est tombé mais moi, j'ai faim. Allons manger.

— Peut-être qu'il n'a pas fait une chute ; peut-être qu'un ami l'a poussé ; peut-être qu'il a sauté à la suite d'un pari ; c'est pour étudier les coutumes qu'on est venus en Europe ; tu n'as jamais vu un enterrement comme ça même en Alabama.

— Bon, suppose que... » Mais nous étions trop près maintenant. Dans tous les pays d'Europe que nous avions traversés on ne savait jamais exactement quelle langue parlaient les habitants, ni d'ailleurs combien de langues ils ne parlaient pas tout à fait couramment. Nous nous dirigeâmes donc vers ce qui semblait être une église vide puisque tout le monde était dehors. Tandis que nous nous approchions, on nous dévisageait en silence.

« Messieurs, mesdames, fit Don.

— Messieurs », répondit quelqu'un après un instant de silence ; c'était un petit homme d'une cinquantaine d'années, un peu crasseux, un facteur sûrement, je ne pouvais pas me tromper ; il y avait aussi un facteur avec sa grosse sacoche de cuir ce jour-là devant la prison en Alabama. Les autres visages étaient toujours tournés vers nous et continuaient de nous observer mais ils cessèrent de le faire quand nous arrivâmes parmi eux, et que nous aussi nous jetâmes un coup d'œil à l'intérieur de l'église. C'était une sorte de boîte en pierre, pas tellement plus grande qu'une guérite, dans laquelle la lumière douce et froide des cierges montait pour aller mourir sur un crucifix grandeur nature portant un Christ en plâtre ; la lumière semblait aggraver le froid glacial qui s'était installé en nous quand nous avions quitté la zone de neige, tout comme les cierges, le cercueil, la femme agenouillée à côté vêtue d'un manteau de fourrure et d'un chapeau qui n'avaient sûrement pas été achetés dans une ville suisse, le curé qui s'activait en arrière-plan pareil à une ménagère s'affairant à ses tâches, et un autre homme, un paysan assis sur un banc près du bas-côté vers le milieu de l'église, qui portait sur son visage l'empreinte de la montagne, même s'il n'avait pas forcément conduit son bétail au petit matin de l'étable à la pâture et le soir de la pâture à l'étable. Juste au moment où nous regardions à l'intérieur, le curé traversa la nef derrière le cercueil, et s'arrêta sous le crucifix, dans un bruissement étouffé de soutane qui semblait émaner de la froide et faible lumière des cierges; il fit une génuflexion, puis une révérence comme celle que l'on enseigne aux petites filles, et disparut peut-être par-derrière, peut-être sur le côté, tandis que l'autre homme se levait de son banc, et commençait à marcher le long du bas-côté en s'avançant dans notre direction. Je ne vis personne bouger; j'avais seulement senti le mouvement. Quand l'homme arriva à la porte et sortit de l'église, nous n'étions plus que trois : Don, moi et le petit facteur. L'homme se baissa, ramassa un petit piolet sur lequel se trouvaient cinq ou six pitons, passa devant nous sans même nous regarder et disparut. Et si le facteur était toujours là, c'est parce que Don lui avait saisi le bras, et je me rappelai qu'avant notre départ de Paris quelqu'un nous avait dit qu'on peut dire tout ce qu'on veut à un Européen mais qu'il ne faut jamais le saisir par le bras, et sûrement celui-là était en plus un fonctionnaire et c'était aussi grave que d'outrager un gendarme ou un chef de gare. Je ne voyais pas les autres ; je pouvais seulement sentir leurs regards dans l'obscurité tandis que Don tenait par le bras le facteur comme s'il s'était agi d'un gamin surpris en train de voler des pommes ; et, dans l'encadrement de la porte, nous apercevions la femme au manteau de fourrure et au chapeau parisien, toujours agenouillée, la tête posée contre le cercueil comme si elle s'était assoupie. Le français de Don était convenable ; il disait rarement ce qu'il croyait dire, mais on le comprenait toujours.

« Ce mort, demanda-t-il, il est tombé ? Il a cassé son cou sur le pied de la montagne ?

— Oui, monsieur, répondit le facteur.

— Et la femme qui pleure, la madame de Paris ? Sa femme ?

— Oui, monsieur. » Le facteur essaya de se dégager.

« Je vois, continua Don, un étranger, un client alpiniste. Un riche Français, ou peut-être un milord anglais qui achète les vêtements de sa femme à Paris. » Le facteur se débattit de plus belle. « Non, pas français, pas anglais, d'ici. Assez, monsieur, laissez-moi, assez... »

Mais Don le retenait toujours. « Pas le guide qui a sorti de l'église et qui a ramassé le pic et les petits bijoux. Non, l'autre qui reste. Le mari mort dans la boîte. »

Mais je n'arrivais plus à suivre. Le facteur s'était libéré et pendant un moment Don resta là comme un silo qu'on arroserait d'eau, ou de gravillons peut-être ; puis le facteur s'arrêta de parler, fit un vague geste du bras et disparut. Don restait là, clignotant des paupières, la jumelle Zeiss pareille à un jouet sur sa poitrine.

« D'ici, dit-il. Son mari. Un chapeau acheté à Paris et un manteau qui a dû coûter dans les trente ou quarante mille francs.

— Ça, j'ai compris ; mais qu'est-ce qu'il a dit quand il s'est décidé à vider son sac ?

— Qu'ils étaient guides tous les deux, celui qui a pris le piolet et l'autre dans le cercueil. Ils sont tous les trois du village, y compris la femme au chapeau et au manteau de fourrure ; c'est la femme du type qui est dans le cercueil. Un jour de l'automne dernier, ils sont partis tous les quatre faire une ascension...

— Comment, tous les quatre ?

— Moi non plus... Ils sont partis faire une ascension ; c'est pas très courant, un guide professionnel qui fait une chute, c'est pourtant ce qui est arrivé à celui-là et il était trop tard pour récupérer le corps ; alors il a fallu attendre le printemps, la fonte des neiges ; la neige a fondu. Hier sa femme est revenue, et ils sont allés le chercher cet après-midi, pour qu'elle puisse repartir, mais comme il n'y a pas de train avant demain matin, on pourrait profiter de sa présence pour satisfaire notre curiosité, ou alors on laisse tomber, et bonsoir la compagnie.

— Elle est revenue d'où ? Elle repart où ?

— Moi non plus. Allons, il faut trouver l'auberge. »

Elle ne pouvait être que dans une direction puisqu'il n'y avait qu'une seule rue et que nous nous y trouvions ; et bientôt nous l'aperçûmes ; nos chaussures à clous résonnaient dans l'air froid de la nuit noire, l'air froid de la montagne qui était comme de l'eau glacée. Mais on sentait déjà le printemps, cet air vif et nouveau qui faisait vaciller et trembloter les lumières aux rares fenêtres éparpillées à diverses hauteurs sur les pentes invisibles, comme lorsque nous avions aperçu le village au loin. Pour accéder à l'auberge, il y avait deux marches à descendre ; Don ouvrit la porte et nous nous trouvâmes dans une salle au plafond bas, bien éclairée, bien chauffée, bien astiquée, avec son poêle, ses tables et ses bancs de bois ; à un bout du comptoir dans une sorte de cage, était assise l'inévitable dame en train de tricoter ; à notre entrée, les visages des montagnards s'étaient tournés vers nous d'un seul mouvement.

« Grüss Got, messieurs, fit Don.

— C'est seulement en Autriche qu'on dit ça », lui dis-je.

Mais, après une fraction de seconde, quelqu'un répondit : « Grüss Got. »

« Tu vois bien que non. » Nous posâmes nos sacs à dos, et nous nous assîmes à une table ; la femme, une blonde platinée arborant une permanente toute neuve, s'adressa à nous sans lever les yeux, tout en continuant de tricoter à bonne allure.

« Messieurs ?

— Deux bières, madame, fit Don.

— Brune ou blonde, messieurs ?

— Blonde, madame, et on veut dormir aussi.

— Très bien, messieurs. »

Et la bière arriva, blonde, dorée, dans des chopes fabriquées peut-être à Pittsburgh ou Akron ou Indianapolis ; nous étions servis presque avant d'avoir parlé, comme si quelqu'un avait préparé les chopes sachant que tôt ou tard nous allions arriver. Le garçon portait une veste de smoking par-dessus son tablier ; c'était peut-être la seule veste de smoking de toute la Confédération, si l'on met à part le Palais de la Paix à Lausanne. Quelques dents gâtées déparaient son beau visage de palefrenier phtisique, et il ne nous fallut pas plus de dix secondes pour constater non seulement qu'il parlait mieux l'anglais que nous, mais qu'il parlait mieux l'américain lorsqu'il ne s'appliquait pas trop.

« Cet homme-là, dit Don, cet homme du voisinage qui tomba...

— C'est donc vous les gars qu'avez mis le grappin sur Papa Grignon, dit le garçon.

— Sur qui ? demanda Don.

— Le maire, là-bas, à l'église.

— Je croyais que c'était le facteur », dis-je.

Le garçon ne me fit pas l'honneur d'un regard. « Et la rapière et le tombereau plein de fumier, vous les avez vus ? Vous êtes obsédés par Hollywood ; on est en Suisse ici. » Il n'avait même pas regardé nos sacs à dos ; ce n'était pas nécessaire. Il aurait pu débiter tout un paragraphe ou toute une page, mais il se tut.

« Oui, reprit Don, on fait de la marche, on aime ça. Cet homme qui est tombé ?

— Oui, dit le garçon, et alors ?

— C'est un guide, fit Don, et sa femme porte un manteau de fourrure de quarante mille francs et un chapeau à la mode de Paris ; elle était avec eux en montagne lorsqu'il est tombé. Qu'un guide fasse une chute, ça peut arriver, mais qu'un guide emmène sa femme dans une ascension qu'il fait avec un client, c'est bien la première fois que j'entends ça. C'est pourtant bien ce qu'a dit le maire, qu'ils étaient quatre et qu'il y avait un autre guide...

— Mais oui, dit le garçon. Il y avait Brix, sa femme,

Emil Hiller et le client. Ce jour-là, Brix et sa femme avaient décidé de se marier ; c'était l'automne dernier ; la saison était terminée ; Brix avait fait un maximum de sorties pour gagner du fric pendant la saison ; il n'y avait plus rien à attendre, que l'hiver ; c'était le bon moment pour se marier. Seulement voilà que la veille du mariage, la veille au soir, Brix reçoit une dépêche d'un de ses clients : le client est déjà à Zurich et désire le rencontrer le lendemain matin. Brix remet le mariage à plus tard et, accompagné de Hiller, va chercher à la gare le client qui descend du train avec les huit ou dix mille francs de matériel qu'il a acheté ces cinq dernières années sur les conseils de Brix et de Hiller et, l'après-midi même, ils font l'ascension des Bernardines ; le lendemain...

— Et la fiancée ? demanda Don.

— Ils l'emmènent avec eux ; ils s'étaient mariés le matin comme Brix l'avait décidé. Quand il avait reçu la dépêche, il avait remis le mariage pour que Hiller et lui puissent accompagner le client dans la randonnée de son choix, le ramener dans la vallée et le raccompagner à la gare, mais quand le client avait appris à sa descente du train que Brix allait se marier, il avait immédiatement décidé de s'occuper de tout.

— Doucement, fit Don.

— C'est que, du fric, il en avait le caïd », dit le garçon qui n'avait pas bougé d'un pouce ; on s'attendait à ce qu'il essuyât la table, mais non, ç'aurait été parfaitement inutile. Il demeurait là debout, immobile. « Depuis quatre ou cinq ans, Brix et Hiller le baladaient dans la région... des ascensions faciles, entre deux fusions de sociétés qui lui rapportaient chaque fois deux millions de couronnes, de francs ou de lires. Remarquez, il aurait pu faire des ascensions plus difficiles ; il était un peu plus âgé que vous, pas tellement, après tout, mais ça ne lui disait rien. Il faisait de la montagne pour s'accorder une détente, ou peut-être pour avoir sa photo dans son journal local. Mais on ne fait pas de la montagne pour se détendre. C'est se voler soi-même ; en plus du temps, vous dépensez tout votre argent, même celui qui devait servir à payer le dentiste de Madame ; mais il y avait l'appât du gain, de la rallonge, et l'échéance du mariage était maintenant assez proche pour que Brix se dise sans doute qu'il n'aurait plus guère l'occasion de mettre un sou de côté. Toujours est-il que Rupin prit tout en main ; la cérémonie eut lieu ; c'est lui qui conduisit l'épouse à l'autel et signa le registre.

— Elle n'avait pas de famille ? demanda Don.

— Si, la fille de la demi-sœur de sa mère et le mari de ladite, répondit le garçon. Elle vivait chez eux, mais peut-être que ce n'est pas dans toutes les familles qu'une demi-cousine germaine épouse un homme dont le patron non seulement est plein aux as mais dépense sans compter, enfin tant que c'est lui qui décide où va sa galette. Donc Rupin signe le registre et, par-dessus le marché, le curé bénit l'ascension ; ce sera les Bernardines ; Rupin offre le dîner de mariage et ils doivent redescendre le lendemain pour qu'il puisse prendre le train de Milan où on l'attend pour une nouvelle fusion de sociétés, car un gamin peut presque la faire tout seul, cette ascension, du moins par beau temps. Ils arrivent donc cet après-midi-là au sommet des Bernardines ; le repas de noces a lieu là-haut, offert par Rupin et le lendemain matin les voilà sur un éperon glacé où Brix n'avait nullement prévu de se retrouver, mais ils avaient eu des ennuis ; le temps s'était peut-être gâté, c'est toujours ce qu'on raconte, et ils auraient peut-être mieux fait de rester au refuge, mais il fallait que Rupin redescende pour prendre son train, et c'est pas tout le monde, n'est-ce pas, qui veut passer sa vie à trimbaler des empotés dans la montagne. Brix aurait peut-être dû laisser son épouse au refuge des Bernardines, mais c'est pas tout le monde, n'est-ce pas, qui convole. Voilà donc Rupin à l'endroit où Brix n'aurait jamais dû l'amener, et il commence à faire toutes les âneries que Brix et Hiller auraient dû savoir qu'il ferait ; il glisse et entraîne dans sa chute Mme Brix, tous deux entraînent Brix, et voici le tableau : Hiller, premier de cordée solidement arrimé, puis Mme Brix, Rupin et Brix qui se balancent dans le vide, contre la paroi glacée, à l'autre bout de la corde. Toujours est-il que Rupin lâche son piolet et rate Brix de peu, ce qui est une chance car Brix est incapable d'atteindre le surplomb avec son piolet, et aucun guide n'a jamais pu remonter tout seul trois personnes qui se balancent au bout d'une corde, du moins pas dans ce pays, et bien sûr Brix ne peut guère demander au type qui paye la note de couper la corde pour que Hiller puisse remonter une femme de guide qui est depuis le début un poids mort, et dont la présence même en cet endroit est une aberration. Alors Brix coupe la corde entre lui et Rupin, Hiller réussit à remonter Mme Brix et Rupin qui, le lendemain après-midi, prennent le train ; et plus tard la neige...

— Quoi ? fit Don, la mariée... la veuve ?

— Ils ont attendu vingt-quatre heures. Rupin a retardé son départ d'une journée entière. Hiller les avait ramenés au refuge des Bernardines cet après-midi-là, et ils devaient regagner le village par la route le matin suivant ; dans la soirée, Hiller, accompagné d'un de ses frères, était descendu le long de la paroi pour essayer de retrouver le corps de Brix, mais il y avait trop de neige et Hiller était retourné au village chercher du secours (Rupin assumait les frais et promettait une grosse récompense à qui retrouverait Brix) ; à l'aube Hiller et les autres recommencèrent les recherches en partant du fond de la vallée. Mais il y avait trop de neige —elle ne disparaîtrait qu'au printemps — et finalement même Hiller dut reconnaître que la seule solution était d'attendre. C'est pourquoi Mme Brix et Rupin ont pris le train, et plus tard la neige...

— Mais sa famille ? Vous avez dit... intervint Don.

— Oui, la fille de la demi-sœur de sa mère, et son mari. Le curé était peut-être au courant ; il était sur le quai de la gare l'après-midi où ils ont pris le train. Peut-être que la cousine et son mari s'en étaient remis au curé. Peut-être que le fric avait arrangé les choses. Peut-être qu'elle ne pouvait même pas entendre ce que disait le curé. Cet après-midi-là, quand elle est montée dans le train, elle donnait l'impression d'être incapable de rien voir, de rien entendre.

— Rien, vraiment rien ? fit Don.

— Disons qu'elle se tenait debout et marchait, dit le garçon. Qu'est-ce que vous voulez manger ? Le ragoût, ou désirez-vous des œufs au jambon ?

— Mais elle est revenue, pourtant, continua Don.

— Bien sûr, elle est arrivée par le train hier soir. Comme depuis un mois la neige commençait à fondre, la semaine dernière Hiller a télégraphié à Rupin pour lui dire qu'à son avis le moment était venu ; alors elle a débarqué au train de minuit, elle a mis sa valise à la consigne, et elle a attendu à la gare ; Hiller est venu la chercher à l'aube ; ils sont partis dans la montagne, ils ont trouvé le corps de Brix, ils l'ont ramené ; et s'il fait trop froid dans l'église ce soir, elle peut toujours aller à la gare et attendre le train de demain matin. Bon, qu'est-ce que vous voulez manger ?

— Mais sa famille, cette cousine... continua Don.

— Qu'est-ce que vous voulez manger ? dit le garçon.

— Ils sont peut-être mariés, maintenant, continua Don.

— Qu'est-ce que vous voulez manger ? dit le garçon.

— Peut-être bien qu'elle l'aime à présent, continua Don,

— Qu'est-ce que vous voulez manger ?

— Vous parlez bien l'américain, fit Don.

— J'y ai vécu. Dix-huit ans à Chicago. Qu'est-ce que vous voulez manger ?

— Il a peut-être été gentil avec elle. Il a beau être italien, étranger.

— Non, il est allemand, dit le garçon. On n'aime pas les Allemands par ici. Qu'est-ce que vous voulez manger ?

— Du ragoût », répondit Don.

Nous dînâmes ; la nourriture était bonne comme elle l'est partout en Europe, et partout dans le monde là où on parle français ; puis nous gravîmes l'escalier bien ciré jusqu'à la petite chambre bien propre sous le toit fortement pentu, et nous nous glissâmes dans les draps propres et glacés d'où semblait émaner une odeur de neige. Le soleil apparut derrière la montagne, projetant de longs rayons obliques qui peu à peu devinrent plus courts. Il ne poussait pas devant lui l'ombre des montagnes, mais plutôt il l'éliminait, comme la marée montante avale une plage, et quand nous quittâmes l'auberge, la vallée était inondée de soleil. Et à nouveau je me disais que ce pays n'est pas vraiment plat, que ce sont les différents gradins qui sont plats car, une fois arrivés à la gare, nous nous retournâmes et nous aperçûmes une fois de plus le village en contrebas ; nous jetâmes un coup d'œil dans la vallée proprement dite, de l'endroit même que nous avions pris précédemment pour la vallée. À nouveau nous nous trouvions dans la neige, entre les remparts de neige tassée que les chasse-neige avaient formés, et dans cette sorte de fossé couraient non seulement les rails étincelants mais aussi la lumière vibrante du soleil, jusqu'à l'orifice sombre du tunnel, et bientôt le tunnel aussi déborderait de lumière, et la montagne qu'il transperçait s'embraserait en un flamboiement gigantesque.

Nous entrâmes dans la buvette de la gare. « Grüss Got, messieurs », fit Don, et à nouveau une voix répondit : « Grüss Got » et nous bûmes dans les chopes de verre la bière blonde comme le soleil du matin. En Amérique, boire de la bière avant midi, même en pleine canicule, c'est aussi inconcevable que d'apporter à l'église des petits pois pour les écosser pendant l'office. Et cependant, partout au Tyrol nous avions bu de la bière au petit déjeuner. Le train arriva ; « Grüss Got, messieurs », lança Don ; là encore quelqu'un lui répondit, et nous sortîmes dans l'éclat glacé et insupportable de la neige ; nous longeâmes le quai jusqu'à notre compartiment de troisième classe. Arrivés là, nous nous retournâmes ; s'il n'y avait eu le soleil sur la neige, nous aurions pu nous croire la veille au soir : des visages paisibles de montagnards, pas aussi nombreux que la veille cependant, et rien que des hommes maintenant ; peut-être d'ailleurs se trouvaient-ils là comme les gens se rencontrent entre deux trains dans les petites gares en Amérique ; le guide nommé Hiller, qui était sorti de l'église la veille au soir, se tenait debout devant le marchepied d'un compartiment de première classe, près de la femme au chapeau parisien, au manteau de fourrure, et au visage de paysanne ; un visage qu'elle garderait quelque temps encore, car il faudrait plus de six mois pour effacer complètement l'empreinte de la montagne, de la vallée, du village, des fêtes patronales au printemps sur le pré communal (enfin, s'il y a des prés communaux et des fêtes patronales en Suisse) et aussi celle des vaches qu'on conduit au pâturage et qu'on ramène le soir, et qu'on trait pour faire du fromage ou du chocolat au lait — sans parler de l'empreinte d'autres activités auxquelles peut s'adonner une jeune Suissesse.

On entendit une série de coups de corne répétés, à la fois fluets et frénétiques. La femme fouilla dans son sac, en sortit quelque chose qu'elle donna à l'homme, puis elle monta dans le train ; nous fîmes de même ; le train démarra et prit rapidement de la vitesse, dépassant l'homme qui avait fait demi-tour et faisait sauter dans sa main une pièce brillante ; le convoi s'engagea, entre les talus de neige recouverts d'une couche fraîche que le chasse-neige venait de projeter et, forçant l'allure, s'engouffra dans l'obscurité du tunnel, coup de poing aveuglant après le scintillement de l'étendue blanche puis, nouveau coup de poing, déboucha du tunnel dans la lumière éblouissante, roulant toujours plus vite, tanguant et oscillant dans les courbes, passant de la lumière éblouissante à l'obscurité, de l'obscurité à la lumière éblouissante, cependant qu'à droite et à gauche les cimes, qui se coloraient de tons pastel, reflets dégradés de cette irradiation insupportable, se balançaient dans le ciel, pareilles à des mastodontes, à des ruminants formidablement obstinés ; le train roula dans la lumière montante du matin, puis dans l'embrasement de midi et, en fin de journée, au couchant, se mit à décrire une large courbe qui, manifestement, était en pente douce ; à présent nous y étions : c'était la longue descente de la « Côte d'Or » ; nous glissions le long d'un plan incliné, le long du toit du continent, qui finalement atteindrait la cuvette embrumée où sommeillait Paris ; dans l'encadrement de la vitre le dernier pic neigeux s'éloigna, disparut.

« Je suis content que ce soit fini, dis-je.

— Oui, fit Don, j'ai eu ma ration de neige pour le restant de mes jours ; en tout cas, je ne veux plus en voir pendant un bon bout de temps. »

« Avant ? c'était la même chose, répondit l'homme. Les gens en Europe haïssent et craignent les Allemands depuis si longtemps que personne ne se rappelle comment c'était avant. »

FRANKIE ET JOHNNY

I

« On l'appellera Frank », dit le père, un boxeur qui n'avait jamais gagné un combat, et n'était pourtant jamais resté au tapis. Il parlait d'un ton confiant. « Le tapin, c'est fini pour toi, ma vieille. On se marie, d'accord ? » Et puis un jour, il pencha sa tête ronde aux cheveux lumineux au-dessus d'un bébé rougeaud qui vagissait ; il fut consterné. « Mais c'est une fille ! » murmura-t-il d'une voix étranglée par la surprise. « Une fille, nom d'une pipe, voyez-vous ça ! » Cependant comme il était bien élevé et que c'était un chic type, il déposa un baiser sur la joue brûlante de la mère. « T'en fais pas, ma vieille, te laisse pas abattre. On tâchera de faire mieux la prochaine fois. »

Elle se garda bien de dire qu'il n'y aurait pas de prochaine fois. Elle était toute décoiffée et se contenta de lui adresser un pâle sourire ; durant le court laps de temps où il connut l'enfant (il périt noblement à Ocean Grove Park en voulant porter secours à une grosse dame qui se noyait), il s'habitua à l'idée qu'il avait une fille. Il n'était plus gêné de répondre quand on lui demandait si c'était un garçon ou une fille ; il devint même extraordinairement fier de ce petit être vif aux cheveux lumineux. « C'est vrai, c'est mon portrait tout craché », disait-il fièrement à tout le monde ; et son ultime pensée cohérente, alors qu'il luttait contre le courant, gêné par cette masse qui se débattait, fut pour sa fille.

« Nom de Dieu, la fichue garce. » À bout de souffle, il voyait le ciel basculer entre les rouleaux béants, et maudissait le gros paquet de chair molle qui avait raison de ses jeunes muscles. Mais pas question de lâcher, ce n'était pas son genre. L'image de Frankie était plus nette que la brûlure dans sa gorge et ses poumons. « Pauvre gosse, la vie va pas être facile pour elle maintenant », pensa-t-il au milieu des bulles vertes.

Frankie était donc une fille énergique ; c'était du moins l'avis de Johnny son copain. C'est ce que vous auriez pensé, vous aussi, si vous l'aviez vue passer dans la rue un samedi soir ; elle tenait le bras de Johnny et marchait d'un pas conquérant et sensuel, donnant à ses bras minces d'adolescente le mouvement rythmé des scieurs de long, et lançant en avant son jeune corps avec la brusquerie et la régularité d'un métronome. C'est en tout cas ce que pensaient les acolytes de Johnny : lorsqu'il l'emmenait danser à son club sportif, ils la mangeaient des yeux, s'agglutinaient autour d'elle et l'empêchaient d'évoluer sur la piste. Dès le premier soir, elle les avait joliment rembarrés ; ils se tenaient au coin de la rue, plaisantant et taquinant les filles qui passaient et, la voyant approcher, ils avaient poussé des sifflements admiratifs et mis Johnny au défi de la lever. Johnny, à qui son costume neuf donnait du courage, ne dit pas non.

« Salut, mignonne », lui lança-t-il en soulevant son chapeau d'un geste élégant. Il lui emboîta le pas. Frankie le regarda d'un œil gris et froid et, sans s'arrêter, lui répondit : « Tire-toi, p'tit gars. — Dis donc... » continua calmement Johnny, tandis que derrière lui les copains s'esclaffaient.

« Dégage, pauv' cloche, ou compte tes abattis », répliqua sèchement Frankie. Elle n'avait pas besoin d'un flic pour se défendre, Frankie.

Johnny conserva admirablement son sang-froid. « Vas-y, mignonne, tape, j'aime ça », dit-il en la prenant par le bras. Frankie n'essaya pas de se dégager gauchement comme aurait fait une demoiselle de bonne famille. Elle prit son élan et, de sa main toute menue, elle flanqua une gifle magistrale à Johnny. La scène se passait devant un bar clandestin, dont les portes battantes laissaient apercevoir une salle aux lumières obscurcies par la fumée du tabac.

« J'en veux une autre », dit Johnny qui se tenait tout raide, tout rouge, et Frankie de nouveau le gifla. Un homme sortit de la taverne en titubant. « La gar... dit-il. Casse-lui la gueule, espèce de... » Dans cette rue sordide, le visage brûlant et rouge de Johnny, le visage blanc de Frankie étaient pareils à deux jeunes planètes. Johnny regardant Frankie vit son nez se froncer. « Elle va pleurer », pensa Johnny pris de panique ; dans sa tête bourdonnante, son esprit avait fini par enregistrer les paroles de l'inconnu. Il fit volte-face, et lui sauta presque au visage.

« Tu sais à qui tu parles ? Je t'apprendrai, moi, à parler comme ça devant une dame. » Le pochard répliqua avec le courage que donne l'alcool : « Dis donc... » Johnny lui flanqua un coup de poing, et l'homme se retrouva dans le caniveau, jurant et sacrant.

Johnny se retourna mais Frankie s'était enfuie en pleurant. Il la rattrapa : « Voyons, mon p'tit », mais Frankie ne réagissait pas. Quelle sacrée veine, se dit Johnny qui, transpirant légèrement, la mena vers l'entrée d'une impasse obscure. D'un geste gauche, il lui prit la taille. « C'est fini, maintenant, ne pleure plus. » Frankie se tourna brusquement vers lui et s'accrocha désespérément à son veston. J'ai une sacrée veine, se dit Johnny tout en lui tapotant l'épaule comme on caresse un chien. « Allons, pleure plus, frangine. Je voulais pas te faire peur. Dis-moi ce que tu veux que je fasse. » Désemparé, il regarda autour de lui. Quel pétrin ! Si les copains se pointaient, il aurait bonne mine. Ils n'auraient pas fini de le charrier... D'habitude, quand on est en danger, on appelle un flic, mais Johnny avait de solides raisons d'éviter les flics ; il évitait même le vieux Ryan, et c'était pourtant un copain de son père, un ami d'enfance même. Sacré nom, comment faire ? Pauvre Johnny, si distingué et si nigaud.

Tout à coup une idée lui vint. « Allons, calme-toi, mignonne. Tu veux rentrer chez toi ? Tu me dis où tu habites et je te ramène, d'accord ? » Frankie leva vers lui un visage barbouillé de larmes. Comme ses yeux étaient gris, et comme ses cheveux brillaient sous son petit chapeau de quat' sous ! Johnny sentait son corps ferme, cambré. « Qu'est-ce qui t'tracasse, ma poupée ? Raconte tes ennuis à Johnny, il en fait son affaire. Tu sais, j'voulais pas te faire peur.

— C'était pas toi, c'était ce plouc. »

Rassuré, Johnny cria presque : « T'as vu comme je l'ai aplati, ce cave. Je l'ai descendu comme si...

comme si... J'y retourne si tu veux et je lui démolis le portrait.

— Non, non, répondit aussitôt Frankie. J'ai été idiote de chialer. C'est pourtant pas dans mes habitudes. » Elle poussa un soupir. « Bon, vaut mieux que je rentre.

— Tu sais, j'suis vraiment désolé d'avoir...

— T'as rien fait de mal ; t'es pas le premier à me faire du plat. Mais d'habitude je les envoie sur les roses, presto. Bon, on va pas se quitter comme ça, dans la rue, quand même ?

— Si tu m'en veux pas trop après tout ce micmac, alors ça veut dire que t'es ma copine. Tu veux bien que je sois ton copain ? Je serai gentil avec toi. » Ils échangèrent un regard ; une brise légère passa sur les fleurs et sur les arbres ; ils n'étaient plus dans une impasse d'une saleté sordide ; leurs lèvres se rencontrèrent et une aube pure d'une blondeur éclatante apparut bravement derrière les collines.

II

Ils marchaient dans un parc ; derrière eux se trouvaient de sombres usines, et devant eux le port, l'eau clapotant contre les pilotis ; deux bacs allaient et venaient, tels deux cygnes dorés qui, prisonniers à jamais d'un rituel stérile, se feraient inéluctablement une cour amoureuse vouée à l'échec.

« Écoute, disait Johnny, avant que je te connaisse, j'étais comme un des bacs que tu vois là-bas ; je traversais et retraversais une espèce de rivière toute noire, j'étais tout seul, je la traversais, je la retraversais continuellement et j'arrivais nulle part ; mais je le savais pas ; moi je croyais que j'allais quelque part. Tu sais, j'avais la tête pleine d'un tas de choses, d'un tas de gens qui s'intéressaient qu'à leurs affaires, et je me prenais pour un caïd. Mais écoute-moi bien.

« Quand je t'ai vue dans la rue, ça a été comme si les deux bacs, au lieu de se croiser, s'arrêtaient, et puis repartaient côte à côte dans la même direction pour être ensemble, rien qu'eux deux, seuls, quelque part. Écoute, mon cœur, avant de te connaître, j'étais un petit voyou ; c'est ce que disait le vieux Ryan ; je fichais rien ; j'étais bon à rien ; je m'intéressais qu'à ma petite personne ; mais quand j'ai flanqué une raclée à ce type, c'est pour toi que je l'ai fait, pas pour moi ; c'est comme si le vent avait balayé toutes les saloperies qui traînaient dans la rue.

« Et quand je t'ai prise par la taille, que je t'ai serrée contre moi et que tu pleurais, j'ai su que t'étais faite pour moi et que j'étais plus le petit voyou que le vieux Ryan disait que j'étais ; et quand tu m'as embrassé, c'était comme ce matin-là où les copains et moi on rentrait d'une virée dans une vieille bagnole ; les flics nous sont tombés dessus, nous ont confisqué la charrette et on a dû rentrer à pied et j'ai vu le jour qui se levait sur l'autre rive, c'était à la fois bleu et noir et les bacs étaient immobiles sur l'eau et il y avait des arbres tout noirs de l'autre côté et le ciel était comme jaune et doré et bleu, et une rafale de vent est passée sur l'eau en faisant de drôles de petits bruits de suçotement. C'est comme quand on est dans le noir et que tout à coup quelqu'un allume l'électricité : aussi simple. Ça m'a fait le même choc quand j'ai vu tes cheveux blonds et tes yeux gris. C'était comme si une rafale de vent m'avait traversé, et comme si des oiseaux chantaient quelque part. Alors, j'ai su que j'étais plus le même.

— Mon Johnny ! » s'écria Frankie. Dans un seul élan, ils s'étreignirent, et avec fougue leurs bouches se rencontrèrent dans l'obscurité tendre et complice.

« Ma chérie ! »

III

« Dis donc, qui c'est ce type que tu fréquentes ? » Debout derrière sa mère assise à sa coiffeuse, Frankie examinait d'un œil cruel le visage de celle-ci. Je serai comme ça, quand je serai vieille ? se demandait-elle, mais au fond d'elle-même la réponse avait jailli : un non véhément. Les mains blanches et molles de la femme âgée s'affairaient nerveusement dans ses cheveux teints ; et puis, exaspérée, elle rabattit ses cheveux sur son front en s'écriant : « Tu réponds pas. Tu penses peut-être que ça me regarde pas ? Qu'est-ce qu'il fait dans la vie ?

— Il... il... travaille dans un garage. Il veut devenir pilote de course. » Pourquoi éprouvait-elle le besoin de justifier Johnny aux yeux de sa mère, Johnny qui était solide sur ses deux jambes et qui se fichait pas mal de l'opinion des autres ?

« Un mécano ? Toi qu'as vu comme la vie est dure pour les femmes, t'es pas plus futée que ça ! Jeune et belle comme t'es, avec un physique qui plaît aux hommes, tu te trouves un mécano, un type qui se balade toute la sainte journée en salopette crasseuse !

— L'argent, c'est pas tout. »

La mère regarda Frankie, interdite, puis retrouvant enfin la parole : « L'argent, c'est pas tout ! Tu veux me répéter ça en face ! T'as vu comment il faut que je me débrouille pour vivre ! Où est-ce que tu serais à l'heure qu'il est si j'en gagnais pas, de l'argent ? Tu les aurais, les fringues que t'as sur le dos ? Ton petit copain de mécano, il peut t'en acheter, des fringues ? Tu crois qu'il peut faire pour toi ce que j'ai fait ? Dieu sait que je te souhaite pas de passer par là où j'ai dû passer, mais si t'as ça dans le sang et que tu peux pas te retenir, alors je préfère que tu racoles le tout-venant dans la rue plutôt que te voir ficelée pour la vie à un petit employé minable. Ah ! c'est pas drôle, la vie, pour les femmes ! » Elle se tourna vers le miroir et entreprit à nouveau de se coiffer. Elle tentait de calmer son ressentiment en s'apitoyant sur elle-même, en noyant sa hargne dans un flot de paroles. Frankie considérait l'image de sa mère dans le miroir sans manifester la moindre émotion.

« Quand ton père est mort sans me laisser un sou, qui c'est qu'est venu à mon secours ? Sûrement pas une de ces pimbêches bourrées de fric, qu'ont fait des études et qui se mêlent de refaire la société. Sûrement pas un de ces curetons au visage de marbre qui vous parlent toujours du salaire du péché et du salut du misérable pécheur. Ceux-là, pour ce qui est de passer la monnaie, bernique ! Tu l'apprendras aussi, quand les hommes aident les femmes comme moi, c'est jamais gratis et quand t'as affaire à eux, il faut penser à toi d'abord et il faut soigner ta devanture si tu veux les avoir et les garder. Un homme qui aide une femme parce qu'il a pitié d'elle, ça n'existe pas. Encore autre chose : se trouver un homme, c'est pas tout. N'importe quelle femme qui a quatre sous de jugeote peut s'en trouver un, mais le garder, c'est une autre histoire ; et c'est ce qui me distingue des pauvres filles qui font le trottoir. En plus, les femmes sont toutes les mêmes : bonne ou mauvaise, il y en aura toujours une pour essayer de te le prendre, ton bonhomme, qu'elle veuille ou non se le garder.

« Tu peux être sûre que personne viendra à ton secours. Ça se passera pour toi comme ça s'est passé pour moi. Dieu sait que j'aurais pas choisi une existence pareille, après les promesses que j'avais faites à ton père. Mais voilà, il a rien trouvé de mieux que de se noyer en voulant sauver des vagues une femme qu'il n'avait jamais vue. Ton père, les femmes l'ont toujours mené par le bout du nez. Il aurait pu profiter d'elles, ou regarder ailleurs, mais il était pas assez malin pour ça. C'est pas que j'avais pas confiance en lui. C'était le meilleur homme que la terre ait porté. Mais mourir comme ça, et si vite. » Elle se tourna à nouveau vers sa fille.

« Viens, mon chéri. »

Frankie s'approcha, non sans réticence ; sa mère la prit par la taille. Frankie se raidit malgré elle, et sa mère n'eut aucune peine à fondre en larmes. « Et maintenant voilà ma propre fille qui me laisse tomber ! Après tout ce que j'ai fait et enduré pour elle, elle me laisse tomber ! »

Fais pas l'idiote, Frankie fut tentée de lui dire mais finalement elle lui saisit les épaules d'un geste maladroit. « Voyons, m'man, calme-toi. Tu sais bien que c'est pas mon genre. Allons, tu vas abîmer ton maquillage, tu vas défaire tout ce que t'as fait. »

La mère se tourna à nouveau vers son miroir, se tapota délicatement le visage avec un chiffon graisseux. « Mon Dieu, que je deviens affreuse quand je pleure ! Mais Frances, tu es si... si froide. J'arrive pas à te comprendre. Je te jure, je voudrais tellement que t'aies plus de chance que moi, et quand je te vois faire les mêmes bêtises que moi, je... je... » À nouveau elle était au bord des larmes. Frankie, debout derrière elle, se pencha et lui étreignit les épaules.

« Allons, je te promets de ne rien faire que je pourrais regretter. Habille-toi vite ; tu as un rendez-vous à quatre heures, rappelle-toi. »

Impulsivement, la mère tourna vers Frankie son visage gonflé par les larmes et la saisit à nouveau par la taille. Cette fois, Frankie se laissa faire. « Tu l'aimes, ta maman, pas vrai, ma chérie ?

— Bien sûr, maman. » Elles s'embrassèrent. « Laisse-moi te coiffer.

— Si tu veux, répondit la mère avec un soupir, tu fais ça tellement plus vite que moi ! Ah, Frankie, si tu pouvais redevenir mon bébé ! » Elle se retourna, faisant face au miroir, avec ses craintes, son problème immédiat, ses entêtements, ses incompréhensions féminines ; les doigts de Frankie s'affairaient adroitement dans la chevelure de sa mère. Le téléphone sonna ; Frankie décrocha. « Qui est à l'appareil ? » demanda une voix grasse qui évoqua aussitôt pour elle une odeur de cigares noirs.

« À qui voulez-vous parler ?

— Mais c'est la petite Frankie, continua la voix d'un ton jovial. Comment on se porte ? Dis donc, devine un peu ce que j'ai dans la poche pour la mignonne blondinette.

— À qui voulez-vous parler, je vous prie ? » répéta Frankie, d'un ton glacial. Sa mère se tenait debout près d'elle, l'œil brillant, la mine soupçonneuse. « Qui est-ce ? » demanda-t-elle. Sans répondre, Frankie lui tendit le récepteur et, traversant la pièce, elle se dirigea vers une fenêtre qui donnait sur un puits d'aération tapissé de fils électriques, plein du piaillement poussiéreux des moineaux. La réponse de sa mère lui parvenait par bribes. « D'accord, d'accord. J'arrive tout de... Oui, bien sûr. J'arrive tout de suite, mon chou. »

Elle se précipita vers le miroir et se tapota à nouveau le visage. « Est-ce que je me fourrerai un jour dans le crâne qu'il faut pas que je pleure avant d'aller à un rancard ! J'en ai une tête... Où sont mes gants, mon chapeau ? »

Frankie se tenait là tout près, chapeau et gants à la main. « Dis-moi, ma chérie, je suis pas trop laide ? Dommage que tu puisses pas venir avec nous. On va faire une belle balade en voiture mais... Oh là là, que c'est triste de vieillir. Je vais pas pouvoir continuer longtemps. C'est pour ça que je me fais tant de bile pour toi. Mon Dieu, que je suis moche ! »

Tout en s'efforçant de la rassurer, Frankie l'aidait à résoudre ses problèmes vestimentaires.

Arrivée à la porte, elle lui lança : « Je serai de retour lundi. Tu sais, si t'as besoin d'argent, il y en a dans le tiroir du haut. Et sois sage. » Elle déposa un rapide baiser sur la joue de Frankie, et soudain l'étreignit avec force. Frankie se libéra. « Allons, va-t'en vite, dit-elle en poussant sa mère dehors, ou tu vas encore pleurer. Au revoir, amuse-toi bien. »

Sa mère était enfin partie. Frankie remonta le store et s'approcha du miroir. Elle examina son reflet sans indulgence ; elle tirait sur la peau de son visage et se pinçait les joues, pour faire apparaître une saine carnation rouge vermeil.

IV

Frankie était étendue sur son lit; par la fenêtre, elle voyait les toits, et son regard se perdait dans le ciel sombre et lointain. Des centaines de jeunes femmes de par le monde étaient étendues comme elle, pensant d'abord à leur amant, puis au bébé à naître. Naguère Frankie, étendue sur son lit, pensait à Johnny; parfois elle regrettait son absence mais, à présent, il ne lui arrivait presque jamais de penser à lui. Elle l'aimait, son Johnny, bien sûr, mais les hommes sont de tels balourds ! Ils n'ont aucun tact; tous ils essaient de créer un synchronisme entre les réalités brutes et inéluctables de l'existence et l'intégrité de leur être. Ce n'est pas une chose à faire.

À vrai dire, Johnny l'agaçait un peu parfois à répéter sans cesse que ce qui est fait est fait. Il essayait de lui faire croire — et de croire par la même occasion — qu'il pouvait, tel un voleur de grand chemin, arrêter, détrousser le destin. Ah ! ce Johnny et son cinéma... c'était bien mauvais quelquefois !

Abasourdie, sa mère était entrée dans une colère terrible. C'est comme si j'avais brûlé un bon du Trésor, se disait Frankie.

« Alors, t'appelles ça quelque chose que tu regretteras pas ? T'as pensé à moi, à ce que je deviendrai quand je serai vieille, quand les hommes m'auront laissée tomber ? » Elle hurlait presque. « C'est comme ça que tu me remercies de ce que j'ai fait pour toi ? En me donnant une bouche de plus à nourrir ? »

Frankie avait vainement tenté de contenir cette explosion de colère. Elle s'occuperait des sentiments de sa mère, mais plus tard.

« Comment il fera, ton type ? Comment il me remboursera l'argent que tu m'as coûté ? » Peu à peu l'exaspération fit place aux larmes. Elle se fatiguait de ses propres jérémiades et, trottinant dans l'appartement, elle allait chercher pour Frankie, tout en reniflant et en pleurnichant, des glaces, du pain grillé, et les rares aliments que sa fille se forçait à avaler.

« Qu'est-ce que les gens vont penser ? » gémissait-elle. Frankie lui avait répliqué sèchement que les gens n'auraient pas à faire l'effort de penser, et donc de se poser des questions à son sujet ; pouvait-elle en dire autant ? Il faut dire que, depuis le moment où sa mère avait compris, elle s'était conduite comme si Frankie pouvait — et devait — modifier le cours des choses. « C'est vraiment une gamine pénible, ma mère, soupira Frankie, mais elle a été chic avec moi. » Effleurant son jeune ventre de ses doigts, le regard perdu dans le ciel sombre et lointain, elle essayait de se convaincre que le bébé bougeait déjà.

Elle se sentait vieille ; elle avait la nausée. Si seulement sa mère n'était pas aussi idiote ! Elle aurait tellement aimé avoir quelqu'un pour... Vous savez ce que c'est. On marche, on marche, on est épuisé ; on sait qu'on peut quand même continuer, s'il le faut, mais comment, on se le demande ; et puis tout d'un coup il arrive une voiture ; le conducteur vous fait monter, il ne vous dit pas un mot mais il vous emmène à votre destination et vous laisse descendre, sans plus d'histoires. Dieu ? Sûrement pas : elle ne croyait pas beaucoup à la prière. Quand elle avait cinq ans, elle avait dit des prières pour avoir une poupée qui ferme les yeux ; ça n'avait pas marché.

Nom d'un chien, se disait-elle, si seulement j'étais

pas malade à crever. C'est ça qui me fiche la frousse. Mais la nausée finirait bien par passer ; avec le temps, tout finirait par s'effacer. Dans un an, pensait-elle, tout serait oublié, à moins qu'il ne m'arrive encore un accident. En tout cas, une chose est sûre : fini le thé, fini le pain grillé !

Frankie, allongée sur son lit, songeait à toutes les autres filles de par le monde qui, étendues sur leur lit dans l'obscurité, songeaient à leur bébé à naître. On est comme le centre du monde, pensait-elle. Elle se demandait d'ailleurs combien de centres du monde il y avait ; et si le monde était une boule avec, dessus, des vies humaines pareilles à des chiures de mouche, ou si la vie de chacun était le centre d'un monde, auquel cas chacun ne voyait que son propre monde, et rien d'autre. Tout cela devait lui paraître sacrément drôle, à celui qui avait tout agencé ! Mais peut-être que lui aussi était le centre d'un monde, et qu'il ne voyait que ce monde-là, et rien d'autre. Et lui aussi, d'ailleurs, n'était peut-être qu'une chiure de mouche sur le monde de quelqu'un d'autre.

Mais elle trouvait plus rassurant de penser qu'elle était le centre du monde. Que son ventre était le centre du monde. Pas question que ça change, se dit-elle farouchement. Je n'ai pas besoin de Johnny ; je n'ai pas besoin de ma mère.

« Seigneur Jésus, qu'est-ce qu'on va devenir ? gémissait la mère. Avec une fille enceinte à la maison, de quoi je vais avoir l'air, moi, devant mes amis ? Qu'est-ce que je vais bien pouvoir leur dire ?

— Pourquoi leur dire quoi que ce soit ? disait Frankie d'un ton las.

— Qui s'occupera de toi ? Qui te donnera un

foyer ? Tu t'imagines que tu vas te trouver un type qui te prendra avec ton gosse ? »

Frankie regarda sa mère pendant un long moment. « Et toi, tu crois toujours que j'attends le milliardaire qui en pincera pour moi ? Tu devrais pourtant me connaître mieux que ça.

— Alors, qu'est-ce que tu comptes faire ? Tu penses vraiment que c'est la solution, pour toi et pour moi, que t'épouses ton gars ? Qu'est-ce que tu lui trouves ? »

Frankie tourna son visage défait vers le mur. « Je te le répète, maman. J'ai pas besoin qu'un homme s'occupe de moi.

— Mais bonté divine, qu'est-ce que tu vas bien pouvoir faire ? demanda la mère exaspérée, le visage en larmes.

« Pourquoi t'as fait ça ? »

À nouveau, Frankie tourna les yeux vers sa mère. « Espèce d'idiote. J'ai pas fait ça pour que Johnny m'épouse, ni pour lui soutirer quoi que ce soit. J'ai pas besoin de Johnny. J'ai pas besoin d'un homme pour m'entretenir. J'en aurai jamais besoin. Et si tu pouvais en dire autant, tu resterais pas là à pleurnicher et à t'apitoyer tout le temps sur ton sort... parce que ton sort, tu l'as bien voulu. »

Ayant ainsi réaffirmé son intégrité, elle avait l'impression, selon les mots de Johnny, qu'elle était restée longtemps dans le noir, et que tout à coup quelqu'un avait allumé l'électricité. La vie lui semblait si évidente, si inéluctable qu'elle se demandait pourquoi elle s'était fait tant de mauvais sang, et, bizarrement, elle eut une pensée pour son père, qu'elle avait à peine connu. Elle le revoyait, riant aux éclats, la soulevant au-dessus de sa tête ronde aux cheveux blonds, et la berçant vigoureusement entre ses mains calleuses. Une image de son enfance lui revenait en mémoire, un père sombrant au milieu des vagues vertes, mourant, mais triomphant.

Dans le lit voisin, les sanglots de la mère s'apaisaient. Bientôt ce fut le silence, l'obscurité, la respiration régulière du sommeil. Frankie, allongée sur son lit dans l'obscurité bienveillante, caressait doucement son ventre de jeune femme, le regard perdu dans un monde obscur, comme des centaines d'autres filles qui pensaient à leur amant et au bébé à naître. Elle se sentait aussi impersonnelle que la terre ; elle était une parcelle ensemencée, féconde, exposée aux forces de la lune, du vent, des étoiles, des quatre saisons ; exposée au soleil et aux intempéries, et cela depuis bien avant le registre du temps ; et cette parcelle de terre dormait, attendant la fin du sombre hiver et l'éveil de son printemps, avec toute la souffrance et toute la violence de finalités inéluctables, tendue vers une beauté qui ne disparaîtra jamais de la face de ce monde.

LE PRÊTRE

Il avait presque terminé son noviciat. Demain, il serait confirmé ; demain, il réaliserait son ardent désir, il connaîtrait une parfaite union mystique avec le Seigneur. Cette union, tout au long de sa jeunesse studieuse, il avait été conduit à l'attendre chaque jour ; il avait espéré y parvenir par la confession, en parlant avec ceux qui semblaient l'avoir atteinte, en menant une vie de renoncement et de privation qui à la longue devait avoir raison du feu intérieur qui le consumait. Il aurait voulu connaître un répit ; que s'apaisent ces appétits de chair et de sang qui, lui avait-on enseigné, étaient pernicieux. Il espérait parvenir à un état semblable au sommeil, un état où la clameur de son sang serait réduite au silence. Ou plutôt, domptée. Pour qu'au moins elle cesse de le tourmenter : il se trouverait à une hauteur telle que les voix, perdant graduellement de leur force, n'arriveraient plus jusqu'à lui, échos perdus au milieu des canyons et des sommets majestueux de la gloire de Dieu.

Mais rien n'était venu. Au séminaire, quand il avait conversé avec un prêtre, il regagnait son dortoir en proie à une profonde jubilation spirituelle, une émotion si intense que son corps n'était plus qu'une enseigne lumineuse portant un message enflammé destiné à ébranler le monde. Ses doutes étaient alors dissipés ; il n'hésitait plus, il ne pensait plus. Le but de l'existence était clair : il fallait souffrir, offrir son sang, sa chair et ses os à seule fin d'atteindre la gloire éternelle, projet magnifique et stupéfiant qui ne tenait pas compte du fait que les Savonarole et les Thomas Becket n'étaient pas créés par leur époque, mais par l'Histoire. Faire partie des élus malgré les désirs et les harcèlements de la chair, parvenir à l'union spirituelle avec l'Infini, mourir : comparé à cela, que valait le plaisir physique que son sang réclamait à grands cris ?

Mais dès qu'il se retrouvait avec les autres séminaristes, tout cela était vite oublié. Leur point de vue, leur manque de sensibilité constituaient pour lui une véritable énigme. Comment pouvait-on être à la fois de ce monde et hors de ce monde ? Un doute terrible le tenaillait : ne passait-il pas sans s'en apercevoir à côté de quelque chose d'essentiel ? Après tout, la vie n'était peut-être rien d'autre que ce que chacun d'entre nous en faisait au cours de ce bref passage de soixante-dix années. Qui le savait ? Comment savoir ? Il y avait bien le cardinal Bembo qui vivait en Italie dans un siècle d'argent et dont l'œuvre, pareille à une fleur impérissable, proposait un culte de l'amour purgé de tous les tourments de la chair, au-delà de la chair. Mais tout cela, n'était-ce pas seulement une excuse, un palliatif contre les affres de la peur et du doute ? Dans la vie passionnée de cet homme mort depuis des siècles, ne reconnaissait-il pas sa propre vie, mélange de craintes et de doutes et d'élans passionnés vers la beauté et la délicatesse ? Et pour lui, cette beauté et cette délicatesse se trouvaient incarnées non pas par une Vierge sereine dans son chagrin et immobile comme une bénédiction vigilante dans la lueur du couchant, mais par une créature jeune, mince, faible et (pour ainsi dire) blessée, une créature dont la vie se serait emparée, dont elle aurait fait son jouet et qu'elle aurait torturée ; une petite créature d'ivoire à qui on avait arraché son premier-né et qui levait en vain les bras dans un crépuscule mourant. En d'autres termes, une femme, avec toute l'ardeur passionnée que met la femme à vivre le jour et l'heure qui passent, car elle sait qu'il n'y aura peut-être jamais de demain, et que seul le jour d'aujourd'hui a un sens, parce que seul aujourd'hui lui appartient. Ils ont pris une enfant, se disait-il, pour en faire le symbole des vieux tourments de l'homme ; et moi aussi je suis un enfant à qui l'on a ravi son enfance.

Le soir était comme une main levée au-dessus de l'ouest ; la nuit tombait et la nouvelle lune apparut, voguant tel un vaisseau d'argent sur une mer émeraude. Il demeurait assis sur son lit étroit, le regard perdu dans le lointain tandis que les voix de ses camarades s'apaisaient comme si, en dépit d'eux-mêmes, ils étaient sensibles à la magie du crépuscule. Audehors retentissait et mourait la rumeur du monde : les trams, les taxis, les passants. La conversation de ses camarades portait sur les femmes, sur l'amour et il pensait : « Comment ces hommes pourront-ils jamais devenir des prêtres capables de vivre dans le renoncement et de se porter au secours des hommes ? » Au fond, il savait bien qu'ils en seraient capables, ce qui ne faisait que compliquer le problème. Et il se rappelait les paroles du père Gianotti, un prêtre qu'il n'appréciait guère : « De tout temps, l'homme a tout fait pour se mettre dans des situations qui échappent à son contrôle. Le mieux qu'il puisse faire est de régler sa voilure pour étaler la tempête qu'il a lui-même déchaînée. Et rappelez-vous bien qu'une seule chose ne change pas, c'est le rire. L'homme sème la tragédie et la récolte toujours. Il enfouit dans la terre des graines qu'il a amoureusement amassées, des graines qui ne sont rien d'autre que lui-même, et que récolte-t-il ? Quelque chose qu'il n'avait pas prévu et qu'il se révèle incapable de maîtriser. Le sage est celui qui, quel que soit son état, peut se retirer du monde, et qui rit. L'argent que vous aviez, une fois dépensé, vous ne l'avez plus ; le rire, et seul le rire, est comme la coupe de vin fabuleuse qui ne désemplit jamais. »

Mais l'homme vit dans un monde d'illusion ; il utilise ses minces pouvoirs pour se créer un environnement étrange et bizarre. Lui aussi agissait de la sorte, en dépit de ses déclarations de foi, tout comme ses camarades avec leurs interminables conversations sur les femmes. Et il se demandait combien de prêtres qui vivaient chastement et s'employaient à atténuer la souffrance humaine étaient vierges, et si d'ailleurs la virginité importait vraiment. Ses compagnons n'étaient sûrement pas chastes : on ne pouvait parler de femmes avec cette familiarité sans les connaître, et pourtant ils feraient de bons hommes d'Église. Tout se passait comme si les hommes se voyaient offrir des pulsions et des désirs sans avoir été consultés par le donateur, et qu'il dépendait d'eux et d'eux seuls qu'ils y cèdent ou y résistent. Mais il ne pouvait, lui, accepter cela ; il ne parvenait pas à croire que les pulsions sexuelles, capables de détruire toute la philosophie d'un homme, trouvaient peut-être ainsi leur apaisement. « Que veux-tu au juste ? » se demandait-il. Il n'en savait rien : ce n'était pas tellement qu'il voulait quelque chose de précis, c'était plutôt qu'il redoutait de perdre sa vie et le sens de sa vie pour une phrase, pour des mots vides de sens. « Et pourtant, dans ma profession, je devrais savoir combien peu de valeur il faut accorder aux mots. »

Et s'il y avait quelque chose, une réponse à l'énigme de l'homme, qui était à sa portée et pourtant échappait à sa vue ? Il pensait : « L'Homme se contente de peu, ici-bas. Mais manquer ce peu-là ! »

La solution, il ne la trouva pas davantage en se promenant dans la rue. Partout il y avait des femmes : des jeunes filles qui rentraient du travail, et leurs corps jeunes et souples évoquaient en lui la grâce et la beauté, et des élans bien antérieurs au christianisme ; et il se demandait : « Combien d'entre elles ont des amants ? Demain je me flagellerai, je ferai pénitence par la prière et la mortification, mais pour l'instant je veux laisser venir mes pensées comme j'en ai envie depuis si longtemps. »

Il y avait des jeunes filles partout : leurs minces vêtements laissaient deviner leurs formes tandis qu'elles avançaient le long de Canal Street. Des jeunes filles qui rentraient chez elles pour le dîner (et il s'embrasait en pensant aux bouchées de nourriture entre leurs dents blanches et au plaisir physique qu'elles prendraient à mastiquer et à digérer) et la vaisselle. Des jeunes filles qui allaient s'habiller pour aller danser dans l'ambiance suffocante des saxophones, des batteries et des lumières multicolores, qui profitaient de leur jeunesse et qui dégustaient la vie comme un cocktail présenté sur un plateau d'argent. Des jeunes filles qui resteraient à la maison à lire et à rêver d'un amant monté sur un cheval blanc caparaçonné d'argent.

« Est-ce la jeunesse que je désire ? Est-ce la jeunesse en moi qui lance un appel douloureux à la jeunesse des autres ? Est-ce cela qui me trouble ? Mais alors pourquoi l'exercice physique ne me suffit-il pas, la lutte avec d'autres jeunes hommes, par exemple ? Ou bien s'agit-il de la Femme, de l'éternel féminin ? Toute ma philosophie va-t-elle en être bouleversée ? Si l'on doit en ce bas monde subir de telles contraintes, à quoi sert mon Église, et que devient cette union mystique qui m'a été promise ? Et où se trouve la bonne voie ? Dois-je obéir à ces élans et pécher, ou bien m'abstenir et être à jamais tourmenté par la crainte d'avoir gâché ma vie, pour ainsi dire par abnégation ? »

« Je vais purger mon âme », se dit-il. La vie vaut plus que cela, le salut vaut plus que cela. Mon Dieu ! Il y a tant de jeunesse dans le monde ! Partout elle existe dans les corps des jeunes filles dont une journée de travail passée devant une machine à écrire ou derrière un comptoir a terni l'éclat et qui, s'échappant enfin de leur cage, réclament à grands cris l'héritage de la jeunesse en lançant leur corps tendre et agile sur la plate-forme du tramway, chacune rêvant son rêve, mais quel rêve ? « Mais aujourd'hui, c'est aujourd'hui, s'exclama-t-il, et c'est plus précieux qu'un millier de demains ou d'hiers ! »

« Seigneur ! Seigneur ! Faites que demain arrive ! Alors, je suis certain que lorsque je serai ordonné prêtre et serviteur de Dieu, je connaîtrai la paix et je saurai résister aux appels de mon sang. Seigneur ! Faites que demain arrive ! »

Au coin de la rue, il y avait un bureau de tabac ; à l'intérieur, des pères de famille qui avaient terminé leur journée de travail et qui allaient retrouver femme et enfants et s'attabler devant un bon dîner ; ou des célibataires qui rentraient se préparer pour une sortie en compagnie de leur maîtresse ou de leur petite amie. Des femmes, encore des femmes. « Moi aussi, je suis un homme : je ne suis pas différent d'eux ; moi aussi je céderais à ces douces contraintes. »

Il quitta Canal Street, où le clignotement des enseignes lumineuses alternativement emplissait et vidait le ciel crépusculaire ; mais comme il ne les voyait pas, elles n'étaient pas lumineuses, de même que les arbres ne sont verts que si on les regarde. Rêveuse, la lueur des réverbères éclairait le pavé mouillé. Les corps souples, modelés par la hâte, des jeunes filles qui se ruaient vers la nourriture, le divertissement ou l'amour, tout cela était derrière lui à présent : là-bas, loin devant lui, le clocher d'une église se dressait telle une péremptoire prière figée dans la lueur du soir. Demain ! Demain ! disait le bruit rythmé de ses pas.

« Ave Maria, deam gratiam... tour d'ivoire, rose du Liban... »

L'ESPRIT D'ÉCONOMIE

I

Dans les popotes, on racontait comment MacWyrglinchbeath — un mécanicien de l'air de première classe appartenant à une escadrille de Nieuport[1] qui venait d'être dissoute — avait pendant trois semaines disparu de son unité. On lui avait attribué sept jours de permission pour aller en Angleterre, le temps que l'unité reçoive de nouveaux avions de fabrication britannique. Il avait été vu pour la dernière fois à Boulogne, où un camion l'avait conduit, lui et ses camarades. C'était ce soir-là qu'il avait disparu. Trois semaines plus tard, dans un groupe de bombardement cantonné près de Boulogne, on constatait la présence irrégulière d'un mécanicien de l'air de première classe dont personne jusqu'alors n'avait songé à vérifier l'identité. Au cours de l'enquête qui avait suivi, le sergent armurier avait raconté comment un beau matin l'homme avait surgi parmi les aviateurs, sur la plage où une escadrille venait d'atterrir après un raid. Des remplaçants étant arrivés la veille, le ser-

1. Avions de chasse de fabrication française. (*N.d.T.*)

gent l'avait pris pour l'un d'entre eux ; et il semble bien que tout le monde le prenait pour un des nouveaux mécaniciens. D'ailleurs l'homme, qui s'était révélé consciencieux et capable, manifestait une réelle affection pour l'avion dont il avait la charge. Avec son fort accent écossais, il parlait, lui qui était peu loquace, de l'argent que ça représentait : c'était un péché d'envoyer en l'air, comme ça, une pareille somme d'argent.

« Il a même demandé à voler, disait le sergent. Il m'a pratiquement fait du charme en se portant volontaire pour un tas de boulots en plus de son service, et j'ai fini par accepter. Je l'ai mis une fois ou deux aux lance-bombes. »

On ne découvrit le pot aux roses que le jour de la solde. Son nom ne figurait pas sur les états de l'officier trésorier. Ce fut son insistance, courage sublime ou culot insensé, qui attira l'attention du commandement. On se mit alors à sa recherche, mais il avait déjà pris le large.

Le lendemain, à Boulogne, un mécanicien de l'air porteur d'un titre de permission de sept jours, lequel était sans valeur puisqu'il avait été émis trois semaines auparavant par une unité entre-temps dissoute, ce mécanicien donc, fut arrêté alors qu'il tentait de se faire payer trois semaines de solde qui, disait-il, lui étaient dues, et ce dans le bureau de l'officier chargé des contrôles de police.

C'est ainsi qu'on s'aperçut que MacWyrglinchbeath avait été porté déserteur simultanément par deux unités différentes. Un caporal suivi de quatre hommes, baïonnette au canon, était venu l'extraire de sa cellule. L'accusé, comparaissant au garde-à-vous devant ses juges — en l'occurrence un général, l'officier d'opérations de son groupe de bombardement et le sergent armurier réunis derrière une table — avait raconté son histoire, une fois de plus — la cinquième en trois jours...

« Je m'étais rendu sur la plage pour faire un somme parce que je m'étais dit qu'un lit en ville, ça m'coûterait... J'étais là quand les bombardiers sont arrivés. Alors j'ai suivi les bombardiers.

— Vous étiez détenteur d'une permission. Pourquoi n'êtes-vous pas rentré chez vous ?

— Mon général, j'voulais pas gâcher mes sous. »

Le général le regardait de ses petits yeux porcins. On aurait dit que son visage avait été gonflé avec une pompe à bicyclette.

« Dois-je comprendre qu'au lieu de partir, vous avez passé vos sept jours de permission dans une autre unité ? Sept jours qui sont devenus trois semaines !

— Euh, mon général... Y a pas eu moyen que je les empêche de me la donner, c'te permission d'une semaine. J'en voulais pas, et sur les gros avions j'pouvais avoir la prime de vol. »

Le général le regardait. L'accusé raide, immobile, voyait s'enfler le gros visage rouge.

« Débarrassez-moi de cet homme ! dit-il enfin.

— Demi-tour, droite ! cria le caporal.

— Appelez-moi le commandant du groupe, immédiatement. Je le casserai, il finira ses jours en forteresse !

— Demi-tour, droite ! » répéta le caporal, d'une voix un peu plus forte. MacWyrglinchbeath n'avait pas bougé.

« Mon général », lança-t-il. Le général le regardait ; il avait encore la bouche pleine de ce qu'il avait à dire. Avec sa moustache, il ressemblait à un sanglier dans sa bauge. « Mon général, reprit MacWyrglinchbeath, est-ce que je serai payé pour mes trois semaines, et pour mes sept heures quarante minutes de vol ? »

C'était Ffollansbye qui le connaissait le mieux et c'est lui qui, le premier, proposa sa nomination au grade de sous-lieutenant.

« Imaginez un homme au teint rougeaud, au visage buriné, qui pouvait avoir aussi bien seize que cinquante-six ans, courtaud mais avec des bras de singe ou presque, trimbalant ses bidons d'essence sur l'aérodrome. Ses bras étaient si longs qu'il devait remonter légèrement les épaules et plier les coudes pour empêcher les bidons de racler le sol. Il boitait un peu et m'avait raconté comment ça lui était arrivé. C'était en 14, juste après son arrivée de Stirling. Il s'était engagé dans l'infanterie parce qu'on ne lui avait pas expliqué qu'il avait le choix.

« Mais il n'avait pas tardé à se renseigner. Il faut l'imaginer en train d'écouter tous les bobards qu'on raconte aux jeunes recrues : les soldats qui ne survivent pas plus de deux jours après avoir quitté le sol anglais ; l'ennemi qui tue uniquement les Anglais, les Irlandais et les Écossais des Lowlands, puisque les Highlands n'ont pas encore déclaré la guerre ; et autres inepties. Il emmagasinait tout ça dans sa tête et le soir, avant de se coucher, il faisait son tri. Son choix s'était finalement porté sur l'aviation : le crayon à la main, il avait calculé que c'était dans le Royal Flying Corps qu'il durerait le plus longtemps et qu'il économiserait un maximum d'argent. Ce n'était pas une question de courage ou de couardise car je crois bien que ces sentiments lui étaient totalement étrangers. Il était pareil à un homme qui a perdu son chemin dans la forêt et qui ramasse du bois pour le cas où il finirait par en sortir.

« Il demanda sa mutation, demande qui fut rejetée. Devant son insistance, on avait fini par lui expliquer qu'une préférence personnelle ne constituait pas un motif suffisant, qu'il fallait une raison valable comme, par exemple, des compétences en mécanique ou une invalidité rendant inapte au service dans l'infanterie.

« Il avait bien réfléchi. Le lendemain, après avoir attendu que sa chambrée soit vide, il avait chauffé le poêle à blanc et, enlevant une botte et sa bande molletière, il avait posé le pied à plat contre le flanc du poêle. Voilà pourquoi il boitait. Quand sa mutation fut acceptée et qu'il fut nommé mécanicien de l'air de troisième classe, tout le monde crut qu'il avait déjà combattu.

« Je le revois dans le bureau du groupe de chasse ; il a posé sur la table son avis de mutation et il s'est figé au garde-à-vous devant Whiteley et le sergent, qui s'efforce de prononcer son nom.

« "Comment dites-vous, sergent ?" demande Whiteley.

« Le sergent examine le papier et se frotte les cuisses. Il recommence : "Mac..." et s'empêtre à nouveau. Whiteley se penche pour lire le nom.

« "Mac...", commence-t-il, mais il s'évertue en vain. Puis il dit : "Beath. On l'appellera MacBeath.

« — Je m'appelle MacWyrglinchbeath, insiste le nouveau.

« — On dit : mon lieutenant, lui dit le sergent.

« — Mon lieutenant, répète le nouveau.

« — Ah, Magillinbeath ! s'écrie le lieutenant. Écrivez, sergent.” Le sergent prend la plume, écrit M-a-c avec force fioritures et puis s'arrête ; la plume fait de petits cercles concentriques au-dessus de la page du registre tandis que son propriétaire essaie de glisser un coup d'œil vers la feuille qui est entre les mains de Whiteley. “Mécanicien de troisième classe, continue Whiteley. Écrivez, sergent.

« — Bien, mon lieutenant”, dit le sergent. Les fioritures s'accentuent ; elles ressemblent de plus en plus à une charge de cavalerie ; le sergent se penche encore un peu par-dessus l'épaule de Whiteley, il commence à transpirer.

« Whiteley relève la tête. “Qu'est-ce qu'il y a ? demande-t-il d'un ton sec.

« — Le nom, mon lieutenant, dit le sergent. Je n'arrive pas à...”

« Whiteley pose l'avis de mutation sur la table ; ils l'examinent. “À la division, ils n'ont jamais appris à écrire, dit Whiteley d'un ton agacé.

« — C'est pas ça, mon lieutenant, corrige le sergent. C'est qu'ils savent pas l'orthographe. Allons, mon brave, répétez votre nom.

« — Je m'appelle MacWyrglinchbeath, dit le nouveau.

« — Ça suffit comme ça, s'écrie Whiteley. Inscrivez MacBeath et affectez-le à l'escadrille C. Continuez.”

« Mais le nouveau tient bon. D'une voix polie mais ferme, il dit sans s'énerver : “Je m'appelle MacWyrglinchbeath.”

« Whiteley le regarde fixement. Le sergent de même. Whiteley ôte la plume de la main du sergent et tire à lui le registre. “Épelez !” Le nouveau épelle, le lieutenant écrit. “Vous pouvez me prononcer ça encore une fois ?” demanda-t-il. Le nouveau prononce. “Magillinbeath, dit Whiteley. Sergent, à vous d'essayer.”

« Le sergent fixe les lettres inscrites sur la page. Il se frotte l'oreille. “Mac... wigglinbeach”, prononce-t-il, et il ajoute à mi-voix : “Fichtre !”

« Whiteley se penche en arrière sur son siège. “Parfait, dit-il, problème réglé. Continuez.

« — Vous avez bien marqué MacWyrglinchbeath, mon lieutenant ? s'enquiert le nouveau venu. J'voudrais pas avoir des pépins avec ma solde.”

« Cela se passait avant son “solo”. Et, bien sûr, avant qu'il ne se retrouve déserteur. Il trimbalait ses bidons d'essence d'un bout à l'autre de la base, un peu plus lent que les autres mais fidèle au poste, le tout étant de se faire à son allure. Il expédiait sa solde au voisin qui s'occupait de son cheval et de sa vache, moins l'argent de son tabac : à la cantine, il fallait voir sa tête quand les gars commandaient demi sur demi !

« Il m'avait aussi parlé des conditions dans lesquelles le marché avait été conclu. Il y avait urgence et Mac, comme le voisin, était persuadé que la guerre ne durerait pas et qu'il serait de retour dans les trois mois. Il y avait de cela un an maintenant. “Je vais lui devoir une sacrée somme pour le fourrage des bêtes”, me dit-il en hochant la tête. Et puis soudain il s'immobilisa ; on pouvait quasiment entendre les rouages de la machine à calculer. “Bah ! finit-il par dire. Vu la dureté des temps, les bêtes auront pris de la valeur.”

« Il faut savoir qu'en ce temps-là, un Boche pouvait surgir au-dessus de l'aérodrome, mitrailleuse en action. On se précipitait à toutes jambes vers les trous creusés tout exprès pour ça, et le Boche, là-haut, vous narguait, vous défiant d'en sortir.

« On voyait la bataille des fenêtres du mess ; et à l'époque, nous devions ramasser nous-mêmes les morceaux. Un jour, un zinc s'est écrasé à moins de deux cents mètres et, quand nous sommes arrivés sur les lieux, on sortait le pilote des débris — les jambes en moins. Il gisait sur le dos, les yeux ouverts avec cette expression qu'ils ont tous. Et puis quelqu'un s'était décidé à les lui fermer.

« Quant à Mac (qu'ils appelaient encore MacBeath), il regardait l'épave, il en faisait et refaisait le tour, en murmurant avec des petits claquements de langue désapprobateurs : "Tst, tst, tst. Quel gaspillage ! Un péché ! Un péché que j'appelle ça !"

« Il était encore mécano de troisième classe. Bientôt, après son passage en deuxième classe, il put envoyer davantage d'argent au voisin. À présent, il tenait sa comptabilité à l'aide d'un calepin d'un sou, d'un crayon, et d'un bout de chandelle pour y voir clair le soir. Sur la première page, il inscrivait ses recettes et ses dépenses, et sur les autres, les hauts et les bas de la guerre, comme l'aurait fait le stylet d'un baromètre enregistreur, avec plus de concision qu'un historien.

« Il fut promu mécanicien de première classe. Dès lors, sa comptabilité le tint occupé jusque tard dans la nuit. Je suppose qu'il avait des problèmes financiers, à présent qu'il gagnait en un seul mois autant ou peut-être plus qu'il avait jamais gagné sa vie durant. Et un jour il vint me demander le formulaire à remplir pour devenir sous-officier. Je le lui remis et, le rencontrant quelques jours plus tard alors qu'il allait s'acheter une bougie, je m'enquis : "Alors, Mac, tu t'es décidé à devenir sous-off?"

« Il me regarda avec flegme et, prenant son temps pour me répondre : "Ouais, mon lieutenant." Il faut comprendre qu'à ce moment-là, il ignorait tout des primes de vol. »

Quant à son solo, voici comment Ffollansbye le racontait :

« Sa nouvelle unité était équipée de Pups [1]. Des monoplaces, avait-il sans doute pensé, donc pas de prime de vol. Il demanda sa mutation dans une unité de bombardement. Demande refusée. Ce doit être vers cette époque qu'une lettre de son voisin lui apprit que sa vache avait vêlé. Je l'imagine lisant la missive jusqu'à la dernière ligne, suspendant son jugement, attendant d'avoir fini pour se livrer à des conjectures ou céder à l'inquiétude, réfléchissant (sans l'aide du crayon et du papier, inutiles en la circonstance) aux suites imprévisibles de l'événement sur le plan juridique.

« Un matin, il se réveilla. Le désir, l'impulsion étaient peut-être nés de cette lettre. Le fayotage n'avait jamais été dans sa manière mais il manifesta soudain de l'intérêt pour les avions et la manœuvre des commandes, il se mit à parler aux pilotes, à les interroger sur leurs vols et le soir, dans son lit, il triait et classait les informations. Il déployait un zèle infatigable, fourrant son nez partout et il se démena tellement en présence de la hiérarchie qu'on finit par le nommer caporal. Si j'avais été là à l'époque, j'aurais sans doute cru qu'il n'avait jamais pensé qu'à ça depuis son arrivée.

1. Il s'agit de *Sopwith Pups*, de fabrication anglaise. (*N.d.T.*)

« Mais, cette fois, il avait “accroché son char à une étoile [1]” et, comme on allait le voir, pas seulement au sens figuré. Un jour, l’alarme retentit en plein milieu du déjeuner. Sans prendre le temps de poser leur serviette, officiers, soldats, tous se précipitent au-dehors juste à temps pour voir un Pup rouler sur la piste : il donne de la bande, sa voilure est à quarante-cinq degrés et le bout d’une aile racle presque le sol. Poursuivi par le véhicule de secours qui fait hurler sa sirène, il se redresse et monte en chandelle d’une hauteur de cinquante mètres, reste suspendu à son hélice pendant un temps interminable puis redresse sa queue d’une secousse et disparaît dans le ciel, avec sa voilure de nouveau à quarante-cinq degrés.

« “Qu’est-ce que... ? s’écrie le commandant.

« — Mais c’est le mien ! s’écrie un subalterne. C’est mon zinc !

« — Qui est-ce qui... ?” s’écrie le commandant. Le véhicule de secours revient en faisant hurler sa sirène. Le Pup réapparaît lancé à plus de cent cinquante kilomètres à l’heure. L’avion s’est retourné. Le pilote ne porte ni casque ni lunettes ; ils aperçoivent un instant son visage, qui exprime tout à la fois l’inquiétude, la prudence et l’entêtement. Il continue, esquisse un retournement qui se termine en glissade, puis en tête-à-queue. À présent, il se dirige tout droit vers le véhicule de secours, que le conducteur abandonne pour se précipiter vers le hangar le plus proche, avec le Pup à ses trousses. Au moment même où le conducteur se lance dans le hangar en se protégeant la tête avec les bras, l’avion remonte en chan-

1. L’expression est employée par Emerson dans *Society and Solitude.* (*N.d.T.*)

delle, reste à nouveau suspendu à son hélice, puis disparaît; aussitôt après on entend le bruit sourd d'une masse qui s'écrase au sol.

« Non sans peine, ils retirèrent Mac des débris de l'avion, inconscient mais indemne. Quand il reprit connaissance, il était à nouveau en état d'arrestation. »

II

« C'est ainsi, racontait Ffollansbye, qu'en haut lieu, on était pour la deuxième fois au bord du coup de sang à cause de Mac. Mais cette fois-ci, il n'était pas présent. Il se trouvait dans un camp disciplinaire et il calculait la somme qu'il allait devoir inscrire en déficit dans son calepin, à la première ligne de la page "primes de vol". Entre-temps les paperasses s'étaient accumulées dans son dossier; au Q.G. du corps expéditionnaire ainsi qu'à Londres, on examinait son cas. En fin de compte, ils préférèrent renoncer, autant pour se couvrir eux-mêmes que pour l'empêcher d'inventer de nouveaux délits non prévus par le règlement de discipline générale.

« Un beau jour on vint lui annoncer qu'il était envoyé en Angleterre, à l'école de pilotage.

« "Et si j'y vais, faudra que j'paye pour c'te malheureux coucou ?"

« On lui répondit que non.

« "Bon, se dit-il. Je suis prêt !"

« Il se retrouva donc en Angleterre. C'était la première fois depuis plus de deux ans qu'il mettait le pied du côté de la Manche où il était né, et comme d'habitude il refusa toute permission. Peut-être était-ce à cause de l'incertitude juridique qui pesait sur le veau ; peut-être était-ce parce que, après avoir calculé au plus juste des frais de voyage incompressibles, il s'était dit qu'une fois arrivé sur place il ne disposerait pas d'assez d'argent pour manœuvrer, quelle que fût la situation. Mais je me trompe peut-être. C'était peut-être tout simplement dans la nature de MacWyrglinchbeath. »

Sept mois plus tard, devenu sergent pilote, il promenait un vieux Reconnaissance Expérimental au-dessus de la Somme, en compagnie d'un officier observateur qui repérait les tirs d'artillerie ; celui-ci était placé à l'avant de l'appareil qui, avec son nez plat, avait des airs de baignoire. Énorme avec ses larges ailes et son lourd moteur Beardmore à quatre cylindres qui vrombissait derrière MacWyrglinchbeath et au-dessus de sa tête, l'avion constituait une proie tentante, et même une victime désignée, pour tout appareil équipé de mitrailleuses et capable d'atteindre une vitesse de cent vingt kilomètres à l'heure. Cependant les heures s'accumulaient dans le carnet de vol de MacWyrglinchbeath.

Entre deux missions, tandis qu'ils étaient occupés à bricoler le vénérable appareil, l'officier et le pilote avaient de longues conversations entrecoupées de longs silences. L'officier était par instinct un artilleur et par goût un passionné de T.S.F. ; il avait pour l'aviation une antipathie tenace. Il trouvait incompréhensible l'ardeur que mettait MacWyrglinchbeath à accumuler les heures de vol. Mais un beau jour, au terme d'un long et patient interrogatoire, il apprit l'existence du voisin, et celle du tas de shillings qui ne cessait de grandir.

« Alors, comme ça, dit-il, tu t'es engagé pour gagner du fric ?

— C'est que j'aime pas perdre mon temps », répondit MacWyrglinchbeath.

L'officier raconta l'histoire de MacWyrglinchbeath à la table du mess. Un ou deux jours plus tard, un autre pilote, un officier celui-là, pénétra dans le hangar et trouva MacWyrglinchbeath la tête plongée dans la carlingue de son appareil.

« Dites donc, sergent », dit-il, s'adressant au fond de culotte de MacWyrglinchbeath. L'interpellé se redressa lentement et, regardant par-dessus son épaule, tourna vers l'officier un visage maculé de cambouis.

« Oui, mon lieutenant.

— Ça ne vous gênerait pas de descendre un instant ? » MacWyrglinchbeath descendit, avec à la main une clé à molette et un chiffon sale. « Le lieutenant Robinson m'a dit que vous vous y connaissiez en affaires », dit l'officier.

MacWyrglinchbeath posa la clé à molette et s'essuya les mains avec le chiffon. « Bah... J'dirais pas tout à fait ça quand même...

— Allons, sergent, inutile de finasser. Robinson m'a tout raconté... Vous voulez une cigarette ?

— C'est pas de refus. » MacWyrglinchbeath s'essuya les mains sur son pantalon et prit la cigarette. « Je fume la pipe. » Il accepta du feu.

« J'ai une proposition à vous faire. Tout à fait votre rayon, dit l'officier. Tous les mois, à la date d'aujourd'hui vous me donnez une livre, et moi, je vous donne un shilling [1] pour chaque jour où je reviens à la base. Qu'en pensez-vous ? »

1. Rappelons que la livre était alors divisée en vingt shillings. (*N.d.T.*)

MacWyrglinchbeath fumait lentement, tenant sa cigarette comme si ç'avait été un bâton de dynamite. « Et les jours où vous volerez pas ?

— Je vous paierai quand même. Un shilling. »

MacWyrglinchbeath continua de fumer à petites bouffées, puis : « Vous pourriez monter avec moi comme observateur.

— Et qui pilotera mon zinc ? Pas question. Si je volais avec vous, je n'aurais pas besoin d'un assureur... Qu'en dites-vous ? »

MacWyrglinchbeath réfléchit, tenant la cigarette dans sa main sale. « Ça demande réflexion, finit-il par dire. Je vous dirai ça demain matin.

— D'accord. La nuit porte conseil. » Et l'officier retourna au mess.

« Il a mordu. L'affaire est dans le sac !

— Mais qu'est-ce que vous avez en tête, au juste ? demanda le commandant. Vous dépensez des trésors d'ingéniosité pour gagner une livre, alors que vous ne pouvez la gagner qu'en perdant ?

— Je veux seulement voir le vieux Shylock perdre une livre de chair. Je compte bien le rembourser si jamais je gagne.

— Et comment ? » demanda le commandant. L'officier-pilote le dévisagea, clignant légèrement des yeux. « Est-ce qu'il y a des banques en enfer ?

— Écoutez, dit Robinson. Fichez donc la paix à Mac. Vous ne les connaissez pas, ces types des Highlands. Il faut un sacré courage pour vivre dans des conditions pareilles, et il en faut encore plus pour accepter de se battre pour un roi qu'ils considèrent sans doute encore comme un cul-terreux venu d'Allemagne, et dans une affaire qui, de toute façon, le laissera perdant. Et s'il existe un homme qui, après trois années passées dans cet enfer, peut encore regarder l'avenir en face sans perdre la boule, je lui tire mon chapeau.

— Bravo ! cria quelqu'un.

— Tiens, bois un coup, dit l'autre. Je ne lui veux pas de mal, à ton Écossais. »

Le lendemain, MacWyrglinchbeath compta une livre sterling, lentement, précautionneusement, mais sans hésiter. L'officier prit l'argent sans sourciller.

« On commence aujourd'hui, dit MacWyrglinchbeath.

— D'accord, dit l'officier. Dans une demi-heure. »

Trois jours plus tard, après une brève conversation avec Robinson, le commandant prit à part le client de MacWyrglinchbeath.

« Écoutez. Il faut annuler ce pari stupide. Vous semez le trouble dans tout mon groupe. Robinson me dit que, dès que vous apparaissez dans le ciel, il ne peut plus observer convenablement les tirs des batteries ennemies parce que MacBeath ne pense qu'à quitter le secteur.

— Ce n'est pas ma faute, mon commandant. Je ne cherchais pas un garde du corps. Enfin, ça n'était pas dans mes intentions. Je voulais seulement me payer la tête de Mac.

— Eh bien, allez le voir demain matin et demandez-lui d'annuler le contrat. Si ça continue, nous allons nous retrouver avec l'état-major sur le dos. »

Le lendemain matin, l'assuré parla à MacWyrglinchbeath. L'après-midi, Robinson parla à MacWyrglinchbeath. Le soir, après le dîner, le commandant envoya chercher MacWyrglinchbeath. Celui-ci se montra poli, impassible mais d'une fermeté granitique.

Le commandant pianota sur la table pendant un moment. « Très bien, sergent, finit-il par dire. Mais je vous ordonne de respecter strictement les impératifs de votre mission. Si jamais j'apprends que vous avez quitté votre patrouille, je vous interdis de vol. Rompez.

— Bien, mon commandant », dit MacWyrglinchbeath en saluant.

Dès lors il demeura à sa place dans la formation. Ils faisaient des allers et des retours au-dessus des minuscules flocons des obus, des lentes retombées de fumée. De temps à autre, il observait le ciel au-dessus de lui et derrière lui mais son regard revenait toujours se porter vers le nord, dans la direction de l'autre Reconnaissance Expérimental qui, présence monotone dans le lointain du ciel, n'était pas plus gros qu'un grain de poussière.

Et ceci jour après jour, en compagnie du lieutenant Robinson, lequel, braquant ses jumelles vers le sol, se tenait penché par-dessus le rebord de l'habitacle, comme quelqu'un qui a laissé choir la savonnette hors de la baignoire. Mais chaque jour le client revenait à la base, le nombre de shillings grandissait et bientôt le shilling payé fut un bénéfice net, suivi d'un autre shilling et d'un autre encore. Enfin le mois arriva à son terme et MacWyrglinchbeath déboursa une seconde livre sterling. À présent le profit avait disparu et quand il tournait les yeux vers le nord, à intervalles brefs mais réguliers, son regard était plus attentif.

Robinson, penché par-dessus le rebord de l'habitacle, était occupé à observer le sol quand soudain, derrière lui, le lourd moteur s'emballa dans un bruit de tonnerre, et la terre pivota de cent quatre-vingts degrés. Il se redressa brusquement, jeta un regard en arrière et saisit la mitrailleuse. Le ciel était vide et pourtant le moulin du R.E. tournait à la limite de ses modestes possibilités. Mac avait les yeux braqués droit devant lui. Robinson se retourna et aperçut, encadré par les flocons de la D.C.A., l'autre R.E. qui plongeait et fendait l'air comme un vieux canasson arthritique. Au-dessus, les shrapnels se déployaient en gerbes, et Robinson repéra enfin le Fokker qui s'était installé dans l'angle mort de l'appareil. Il orienta sa mitrailleuse vers l'avant et tira quelques coups pour s'assurer de son bon fonctionnement.

Ils approchaient de l'autre R.E. à un angle d'environ quarante-cinq degrés. Celui-ci faisait des zigzags au-dessus de l'Allemand qui s'accrochait à lui et tous trois ne cessaient de perdre de l'altitude. Pour l'Allemand, la première indication de la présence d'un second R.E. fut une salve décochée par Robinson. Ce fut aussi la dernière : l'avion se cabra, flotta un instant, et explosa en flammes. MacWyrglinchbeath, se dérobant par de furieuses esquives à un second avion allemand qui montait dans sa direction, vit alors Robinson s'affaler sur le rebord de l'habitacle, et tout près de lui, il aperçut des marques de traçantes le long de son fuselage. Il fit un écart. Aussitôt, passant en trombe, le deuxième Allemand s'installa en plein sur la queue de l'autre R.E. À nouveau, les balles sifflèrent autour de MacWyrglinchbeath mais cette fois elles venaient d'en bas : c'était l'infanterie britannique qui canardait l'Allemand.

Les trois avions, maintenant à moins de trente mètres du sol, bondissent au-dessus des secondes lignes, au-dessus de visages roses tournés vers le ciel — les artilleurs de la batterie de D.C.A. L'Allemand ne prête pas la moindre attention à MacWyrglinchbeath. Il colle à l'autre R.E. qui, poussif et furieux, continue de se dérober par des zigzags. MacWyrglinchbeath abat un peu plus le nez de son appareil et défait sa ceinture ; il se place en plein au-dessus, mais légèrement en arrière, de l'Allemand. Celui-ci ne semble toujours pas se rendre compte de sa présence. MacWyrglinchbeath enjambe le rebord de l'habitacle, s'écarte du moteur placé au-dessus de sa tête, et pousse le manche à balai. L'avion allemand a maintenant complètement disparu sous l'avant de la carlingue où gît le corps de Robinson. Un instant après, dans un craquement prolongé, se produit le choc attendu. Alors MacWyrglinchbeath coupe les gaz, s'extrait de la carlingue et se réfugie sur l'aile inférieure pour ne pas être écrasé par le moteur. « Six shillings ! » dit-il tandis que le sol soudain s'incline et se dérobe sous lui.

III

Avec difficulté, il descendit de son Bristol et, traversant la piste, il se dirigea en boitant vers sa baraque. Sa claudication s'était aggravée ; il se déplaçait à la manière d'un crabe, à présent. Quatorze mois après, il se ressentait encore de ses fractures aux hanches, surtout par ce temps d'octobre humide et froid.

La patrouille était rentrée au complet, les fenêtres du mess des officiers brillaient gaiement dans la lueur du crépuscule ; il n'en continua pas moins son chemin. Il s'imaginait déjà confortablement installé, une tasse de thé ou un verre de gnôle à la main, et la porte de sa cabane serait fermée à clé, à cause des petits garnements du mess. On leur envoyait des gamins, à présent. Les vieux pilotes, les hommes mûrs étaient morts, ou ils avaient été promus, envoyés dans les lointains bureaux de l'état-major. On les remplaçait par des bambins, des élèves des public schools qui n'avaient pas encore terminé leurs études secondaires. Ils n'avaient aucun sens des responsabilités et le silence n'était pas leur fort. Il continua son chemin et, arrivé à sa baraque, il ouvrit la porte.

La main posée sur la poignée, il s'immobilisa sur le seuil et, refermant derrière lui, pénétra dans son réduit. L'ordonnance avait allumé un feu dans le poêle miniature ; il faisait bon. Il posa son casque et ses lunettes puis délaça et ôta ses bottes. Alors, et alors seulement, il s'approcha de son lit et contempla tranquillement l'objet qu'il avait remarqué en entrant. C'était la vareuse de sa tenue de sortie. Elle avait été repassée mais ce n'était pas tout. On avait ôté des épaulettes les insignes du Royal Flying Corps et arraché les chevrons des manches ; on avait fixé une étoile d'officier subalterne sur chaque épaulette et, sur la poitrine, des ailes, au-dessus de la Distinguished Service Medal. À côté de la vareuse se trouvait un vieux ceinturon usagé, dont on avait astiqué la boucle et auquel on avait adjoint un baudrier flambant neuf.

Il les examinait encore du même regard impassible quand la porte s'ouvrit avec fracas ; c'était l'invasion.

« Hé, dis, le pisse-froid ! cria une voix juvénile. Il n'y coupera pas, à sa tournée ! Pas vrai, les gars ? »

Du mess, ils l'avaient vu traverser le terrain clans la lueur du crépuscule.

« Attendons, se disaient-ils les uns aux autres. Laissons-lui le temps de s'habiller. »

Une autre voix s'éleva. « Tu n'aimerais pas voir la tête du vieux quand il ouvrira la porte ?

— Le vieux ? » dit un chef d'escadrille qui s'était installé sous la lampe pour lire le journal. « Il n'est pas vieux. Je doute fort qu'il ait trente ans.

— Trente ans ! Fichtre ! Ce sera déjà beau si j'en aligne vingt !

— Et alors ? À quoi ça sert, l'éternité ?

— Ferme ça !

— *Ave, Caesar ! Morituri...*

— Ferme ça, je te dis ! On en a assez, de tes états d'âme.

— Oui, c'est plutôt écœurant !

— Trente ans. Fichtre !

— Il en paraît cent, le drôlichon, avec son visage ridé comme une pomme.

— Et après ? C'est un type bien. Et c'est une honte qu'ils ne s'en soient pas aperçus plus tôt.

— Il aurait déjà dû recevoir le D.S.O. et la M.C.[1] deux fois.

— Il a même des séjours en taule à son actif. Pour désertion.

— Allons donc !

— Authentique. Et la première fois qu'il a piloté, c'est parce qu'il avait chipé un Pup. Aucun entraînement préalable ; il était mécano à l'époque. Bref, un solo d'aéroclub.

— Vous savez ce qu'on raconte, qu'il met sa solde de côté pour après la guerre ? Il l'expédie intégralement chez lui. Depuis des années.

— Et alors ? s'exclama le chef d'escadrille. Bande

1. Il s'agit du *Distinguished Service Order* et de la *Military Cross*. (*N.d.T.*)

d'écervelés, si seulement quelques-uns d'entre vous... » Ils couvrirent sa voix de leurs hurlements mais lui, criant plus fort qu'eux, lança : « Débarrassez-moi le plancher, tous autant que vous êtes ! Allez donc le chercher et ramenez-le ici ! »

Ils détalèrent et le bruit de leurs pas s'assourdit dans le crépuscule. Les trois chefs d'escadrille étaient allés se rasseoir et devisaient tranquillement.

« Ça me fait plaisir, à moi aussi. Il y a longtemps que ça aurait du être fait. Ffollansbye l'avait proposé. Un crétin qui était à cheval sur le règlement a tout fait rater.

— Dommage que Ffollansbye n'ait pas fait d'assez vieux os pour voir ça.

— C'est révoltant.

— Révoltant. Mac, lui, n'a pas pipé. Quand Ffollansbye est venu lui annoncer qu'il le proposait comme sous-off, le vieux Mac n'a pas dit mot. Il a continué son boulot. Et puis il a bien fallu que Ffollansbye lui dise que ça n'avait pas marché. Mac a hoché la tête, l'a remercié et puis il a fait comme s'il ne s'était jamais rien passé.

— C'est une honte.

— Oui. Ça ne fait pas de mal d'avoir un type comme ça dans son unité. Service service et après ça, bonsoir. » C'est ainsi qu'installés bien au chaud ils discutaient le cas MacWyrglinchbeath. Ils entendirent soudain une rumeur de pas précipités ; la porte s'ouvrit et deux des émissaires apparurent sur le seuil. Leurs jeunes visages exprimaient la stupéfaction.

« Eh bien ? demanda quelqu'un. Où est la victime ? »

Mais ils faisaient signe au chef d'escadrille le plus ancien, celui qui était le supérieur hiérarchique de MacWyrglinchbeath.

« Venez, patron », lui dirent-ils. L'officier les regarda mais ne bougea pas.

« Qu'est-ce qui ne va pas ? »

Ils insistèrent, sans s'expliquer davantage. Ils ne consentirent à parler que lorsqu'il les eut suivis au-dehors. « Le vieux schnock refuse, dirent-ils à mi-voix. Incroyable, vous ne trouvez pas ?

— On va voir ça », répondit le chef d'escadrille. Une rumeur de voix confuses et insistantes venait de la baraque de MacWyrglinchbeath.

L'officier entra et, avec peine, se fraya un passage jusqu'au lit de MacWyrglinchbeath. La vareuse et le ceinturon étaient toujours à la même place ; personne n'y avait touché ; MacWyrglinchbeath était assis à côté, occupant la seule et unique chaise de la pièce.

« Fichez-moi tous le camp ! » s'écria le chef d'escadrille en les poussant vers la porte. « Dégagez ! » Il expulsa le dernier d'une bourrade, ferma la porte et revint se camper devant le poêle.

« Eh bien, Mac, que signifie tout ce bastringue ?

— Patron, commença MacWyrglinchbeath d'une voix lente, c'est sûr que les p'tits, y veulent bien faire », et, levant les yeux, il continua : « On m'a défiguré ma vareuse de sortie et les petits se sont mis dans la tête qu'y faut que je m'harnache et que je les suive au mess des officiers. » Il contempla à nouveau la vareuse.

« Bien sûr, dit le chef d'escadrille. Il y a un an que ça aurait dû être fait. Dépêche-toi d'enfiler ça, grouille-toi, le dîner va être servi. »

Mais MacWyrglinchbeath ne bougeait toujours pas. Perdu dans ses pensées, il avança lentement la main et caressa du doigt les ailes brodées qui se déployaient crânement au-dessus du ruban de soie couleur caramel.

« C'est sûr que les petits, y veulent bien faire, dit-il.

— Une bande d'écervelés, tu veux dire. Mais on est tous très heureux. Il fallait voir le colonel quand la lettre est arrivée ce matin. Il était comme un gamin le jour des étrennes. Quant aux jeunots, ils étaient impatients de te chiper ta vareuse.

— C'est sûr qu'y veulent bien faire, dit MacWyrglinchbeath. Mais ça demande réflexion. » Il caressait les ailes de son insigne, lentement, précautionneusement, avec ses doigts crevassés et encrassés par quatre années de cambouis. Le chef d'escadrille le regardait avec calme et, pensait-il, compréhension.

« Tu as raison, finit-il par dire. La nuit porte conseil. Mais montre-toi au petit déjeuner sinon tu auras encore les gamins à tes trousses.

— Ouais, répondit MacWyrglinchbeath. Mais ça demande réflexion. »

La nuit était tombée. Furibond, jurant entre ses dents, l'officier regagna le mess en marchant à grands pas. Il ouvrit la porte et entra, jurant, sacrant toujours. Ils se tournèrent aussitôt vers lui.

« Alors ? Est-ce qu'il vient ? »

Le chef d'escadrille continuait de déverser son flot d'injures : l'escadre, la division, l'état-major, la guerre, le Parlement, tout y passa.

« Et pourquoi viendrait-il ? Vous viendriez, vous, si on vous avait fait poireauter pendant quatre ans, et qu'on vous nommait au grade de sous-lieutenant comme s'il s'agissait de l'ordre de la Jarretière ? Il a de l'amour-propre, ce type, et il a fichtrement raison. »

Après le dîner, MacWyrglinchbeath alla consulter

le sergent responsable du mess. Puis il alla consulter l'ordonnance du commandant. Puis il retourna dans sa baraque, s'assit sur son lit et entreprit de faire ses comptes. À présent l'éclairage lui était fourni, il avait donc toujours le même bout de chandelle mais il en était à son deuxième crayon, lequel était d'ailleurs passablement usé. Il calcula le prix approximatif d'un uniforme neuf, avec les accessoires et sans oublier les frais de blanchisserie. Puis il évalua le coût mensuel moyen des repas du mess, fit les totaux, qu'il déduisit de la solde d'un sous-lieutenant. Comparant le résultat avec son revenu net actuel, il médita longuement le verdict des chiffres, muet et pourtant irréfutable. Enfin, il referma son calepin, autour duquel il entortilla un bout de ficelle graisseux.

Le lendemain matin, il demanda à voir son chef d'escadrille. « Les petits veulent bien faire, c'est sûr, dit-il comme pour s'excuser. Le commandant aussi. Je vous remercie tous. Mais, chef, ça peut pas marcher, vous savez bien que ça peut pas marcher.

— D'accord, dit le chef d'escadrille. Je te comprends. » Une fois de plus, il se mit à tempêter contre les institutions militaires. « Bande de demeurés, avec leurs ficelles et leur ferblanterie. Voilà quatre ans que ça dure ! Avec des types comme ça, c'est pas étonnant qu'on n'ait pas encore gagné ! Tu as raison, Mac. C'est sûr, que ça vient trop tard. » Il s'empara de la main calleuse et molle de MacWyrglinchbeath et la serra avec vigueur.

« Je vous remercie, fit MacWyrglinchbeath. Je vous remercie beaucoup. »

Cela se passait en octobre 1918.

Dès deux heures, il n'y avait plus un mécanicien sur la base. L'avion du commandant était immobilisé sur la piste, moteur au ralenti ; le commandant était dans le cockpit ; il ronflait. La voiture de service, dans laquelle se trouvaient le chef d'escadrille le plus ancien, un officier d'état-major et un officier d'artillerie, filait en tous sens sur l'aérodrome, poursuivie par un quatrième larron dans un S.E. 5, qui jouait à chat avec eux. Il semblait vouloir poser son train d'atterrissage dans la voiture ; chaque fois qu'il ratait son coup, les trois occupants poussaient des hurlements de joie et l'officier d'artillerie brandissait une bouteille ; chaque fois que le chef d'escadrille réussissait à contrer ses efforts par une savante manœuvre, ils hurlaient de nouveau et buvaient une lampée en se repassant la bouteille.

Le mess était jonché de chaises renversées, de bouteilles et d'objets divers assez petits pour servir de projectiles. Sous la table gisaient deux hommes à qui trois heures d'armistice avaient été plus dommageables que plusieurs années de combats. Au-dessus d'eux, à côté d'eux, autour d'eux, le tumulte faisait rage sans discontinuer. Enfin quelqu'un grimpa sur la table et, titubant, essaya de se faire entendre malgré le vacarme. « Écoutez-moi ! Où est le vieux Mac ?

— Mac ! crièrent-ils à l'unisson. Où est le vieux Mac ? Pas question de se cuiter sans Mac ! »

Ils se ruèrent au-dehors. Dans son cockpit, le commandant ronflait. Alors que la voiture de service réussissait un dérapage contrôlé, l'hélice du *S.E. 5* fit tomber la casquette de l'officier d'artillerie. Quant aux jeunots, une fois arrivés devant la baraque de Mac, ils enfoncèrent la porte : MacWyrglinchbeath était assis sur son lit, le calepin sur les genoux et le crayon en l'air. Il faisait ses comptes.

Armé du marteau arrache-clous qu'il avait dissimulé sous la margelle du puits quatre ans auparavant, il enleva soigneusement les clous avec lesquels il avait condamné la porte et les fenêtres, il les fourra dans sa poche et ouvrit la maison. Il replaça le marteau et les clous à leur place dans une boîte et, d'une autre, il sortit son kilt. Il le secoua : le vêtement était tout raidi, les faux plis résistaient et les mites avaient laissé des traces. Pour tout commentaire, il fit claquer sa langue.

Ensuite, après avoir ôté vareuse, culotte et bandes molletières, il mit son kilt. Avec les fagots qu'il avait engrangés quatre ans plus tôt, il alluma un maigre feu dans l'âtre, se fricota un repas et, après l'avoir avalé, fuma une pipe. Il récura soigneusement le culot de la pipe, étouffa le feu et alla se coucher.

Le lendemain matin, il se rendit chez son voisin, qui habitait cinq kilomètres plus bas dans la vallée. Le voisin l'accueillit sur le seuil de sa porte. La maison était toute de guingois.

« Bien le bonjour, Wully, dit-il sans manifester la moindre surprise. Je m'disais que t'allais rentrer. La guerre, elle est finie, à ce qu'on raconte ?

— Ouais », répondit MacWyrglinchbeath. Debout près de la clôture de pierres sèches et de ronces qui escaladait la colline, ils regardaient le petit cheval à poil long et les deux vaches qui se tenaient, apparemment sans effort, bien plantées sur leurs pattes malgré la pente à 45°, dans le pré adjacent à la grange.

« Tu vas reprendre les deux bêtes, dit le voisin.

— Les trois, que tu veux dire », corrigea MacWyrglinchbeath. Ils évitaient de se regarder. Ils avaient les yeux fixés sur les animaux dans le pré.

« Tu te rappelles que t'en as laissé que deux. »

Ils regardaient les trois bêtes. « Ouais », fit MacWyrglinchbeath. Ils se dirigèrent alors vers la chaumière. Le voisin souleva une dalle de l'âtre et compta, au demi-penny près, l'argent expédié par MacWyrglinchbeath. Le total correspondait exactement à la somme inscrite sur le calepin.

« Je te remercie bien, fit MacWyrglinchbeath.

— C'est pas tout ton magot, quand même ? demanda le voisin.

— C'était pas une guerre comme tu crois.

— C'est bien vrai que nous autres des Highlands, quand on se bat pour les Anglais, on se fait toujours rouler. »

MacWyrglinchbeath rentra chez lui. Le lendemain, il se rendit au bourg, distant de vingt kilomètres. Il se renseigna sur ce que valait une bête de deux ans. Ensuite, il alla consulter un avocat. Les deux hommes conférèrent en tête à tête pendant une heure. Enfin il rentra chez lui et là, avec son crayon, un bout de papier et son bout de chandelle long d'un pouce, il fit lentement ses comptes, les vérifia et réfléchit longuement. Enfin, il moucha la chandelle et alla se coucher.

Le lendemain, il retourna chez son voisin. Celui-ci l'accueillit sur le seuil de sa maison toute de guingois.

« Alors, Wully ? fit-il sans manifester de surprise. T'es venu reprendre les deux bêtes ?

— Ouais », répondit MacWyrglinchbeath.

MR. ACARIUS

Mr. Acarius n'appela son médecin qu'en fin d'après-midi. Pourtant, à l'université, les deux hommes avaient appartenu à la même promotion, à la même « fraternité » ; ils se rencontraient encore plusieurs fois par semaine soit chez des amis communs, soit dans les mêmes clubs, au bar, dans les salons ou au restaurant ; il savait que, quelle que fût l'heure, il serait reçu immédiatement. Quelques instants plus tard, impeccable dans un complet strict de Madison Avenue, il se trouvait debout en face de son ami assis à son bureau, le buste émergeant à peine des paperasses accumulées pendant la journée, son réflecteur perché effrontément sur l'oreille, avec tous les attributs de sa fonction serpentant sur la blancheur immaculée de son habit sacerdotal.

« Je veux me soûler, dit Mr. Acarius.

— Très bien », répondit le médecin, occupé à griffonner quelques mots en bas d'une feuille qui était de toute évidence une fiche de malade. « J'en ai pour dix minutes. Pourquoi ne vas-tu pas m'attendre au club ? »

Mr. Acarius ne bougea pas. « Regarde-moi, Ab », prononça-t-il. Ces mots furent dits d'un tel ton que le médecin redressa le buste et éloigna son siège du bureau pour regarder Mr. Acarius, toujours debout devant lui.

« Répète un peu », fit le médecin. Mr. Acarius s'exécuta. « En langage clair, s'il te plaît, continua le médecin.

— J'ai eu cinquante ans, hier, reprit Mr. Acarius. J'ai très exactement l'argent qu'il me faut pour me payer l'utile et le superflu jusqu'à ce que la bombe nous tombe dessus. En attendant, en attendant la bombe évidemment, je n'aurai pas vécu. Dans les décombres, à supposer qu'il y en ait, on ne retrouvera que la carcasse de mon Capehart[1] et les cendres de mes Picasso. Parce que ma personne n'aura pas laissé la moindre tache, la moindre trace. Jusqu'à aujourd'hui, j'acceptais cette situation ou, plus exactement, je m'y étais résigné. Mais à présent, c'est fini. Avant de quitter la scène, avant d'être effacé de la mémoire de quelques maîtres d'hôtel et des annuaires de quelques clubs, je...

— Il n'y aura plus de clubs ni de maître d'hôtel, fit le médecin. Je m'en tiens à ton postulat concernant la bombe, bien sûr.

— Tais-toi et écoute, dit Mr. Acarius. Avant que ça ne se produise, je veux vivre une expérience, je veux faire ma propre expérience de la race humaine.

— Trouve-toi une maîtresse, dit le médecin.

— J'ai essayé, je recherche peut-être aussi l'avilissement.

— Dans ce cas, marie-toi, bon Dieu ! C'est le plus sûr moyen. Tu parcourras toute la gamme, tu courras de la cave au grenier et retour, et pas seulement

1. Marque d'un combiné T.S.F.-tourne-disque. (*N.d.T.*)

une fois, l'expérience se répète chaque jour. C'est du moins ce qu'on me dit.

— C'est du moins ce qu'on te dit ! J'ai remarqué qu'un célibataire vous conseille toujours d'essayer le mariage, comme il vous dirait d'essayer le haschisch. Un mari, lui, vous dit toujours : "Marie-toi." Ce que je traduis par : "Nous avons besoin de toi."

— Alors, soûle-toi, dit le médecin, et que jamais ton ombre ne raccourcisse ! Bon, nous voici arrivés, j'espère, au cœur du problème, qu'attends-tu de moi au juste ?

— Ce que je veux... fit Mr. Acarius, ce n'est pas seulement...

— Non, tu ne veux pas seulement te givrer comme du temps où tu étais étudiant ; la gueule de bois le lendemain matin, deux comprimés d'aspirine, un verre de jus de tomate, des tonnes de café noir... et puis à cinq heures du soir, on remet ça et tout est oublié jusqu'à la prochaine fois. Non, ce que tu veux, c'est jouer au clochard sans avoir à fréquenter les clochards. Tu tiens autant à fréquenter les clochards que tu désires les voir prendre l'ascenseur jusqu'au vingt-deuxième étage de la Barkman Tower. Tu voudrais t'encanailler mais pour ce qui est du carburant, tu préfères un whisky de bonne marque. Tu veux être un pourceau, mais pas un pourceau qui se néglige.

— C'est ça, répondit Mr. Acarius.

— C'est bien ça ?

— C'est bien ça.

— Alors revenons à notre point de départ. Qu'attends-tu de moi au juste ?

— J'essaie de te le dire, dit Mr. Acarius. Je ne vaux pas mieux que les clochards, c'est sûr, et même je vaux moins qu'eux puisque je suis riche. Parce que je suis riche, il n'y a rien qui m'incite à fuir, à m'évader. Simple zéro sur l'abaque de l'humanité, mon importance est trop infime pour que ma disparition entraîne le moindre changement dans l'équation. Je peux tout de même faire l'expérience, le voyage, comme la chiure de mouche sur la manette de la machine à calculer, même si ça ne change pas l'addition. Je peux tout de même en m'évadant faire l'expérience de la dégradation physique, prendre part à...

— Bref, la bamboula, mais en gentleman !

— Je peux me laisser aller, m'abandonner à l'opium de l'évasion, en connaissant d'avance les affres inévitables du lendemain ; ne rien perdre de l'angoisse, la connaître au contraire, seulement la connaître, de telle sorte que je n'aurai fait que multiplier les affres permanentes de l'esprit, de l'esprit écorché vif, par le coefficient gueule de bois...

— ... avec un valet de chambre pour te servir à boire quand tu en seras arrivé là, pour te glisser au lit, t'apporter l'aspirine et le bromure trois jours après, ou quatre ou peut-être davantage — le temps qu'il te faudra pour absoudre tes géniteurs, dit le médecin.

— Je savais bien que tu ne me comprenais pas, dit Mr. Acarius, d'accord pour le whisky, meilleur sans aucun doute que l'alcool à brûler du clochard ; mais le valet et le duplex ne comptent qu'au départ, pour démarrer l'opération. Leur rôle s'arrête là. Même s'il me faut du whisky pour m'avilir l'âme, mon angoisse, lorsque je reprendrai conscience, se rapprochera de celle du clochard qui, pour affronter son insupportable angoisse, n'a à sa disposition que de l'alcool à brûler.

— Qu'est-ce que tu racontes là ? demanda le médecin. Tu veux vraiment te retrouver à Bellevue, avec les éthyliques ?

— Non, pas à Bellevue, dit Mr. Acarius. La cloche, je ne suis pas fait pour ça, nous étions bien tombés d'accord là-dessus ? Non, ce qu'il me faut, c'est une de ces cliniques dont le clochard ne connaîtra jamais l'existence ; dans le meilleur des cas, il dispose d'une porte cochère ou d'une bouche d'aération, et dans le pire des cas, il est ramassé par la police et, comment disent-ils ? "jeté au trou". Dans mon cas, ce sera un trou capitonné, bien sûr, puisque je ne sais pas mieux faire. Mais il y aura des humains et je ferai partie des humains.

— Tu veux bien répéter ? fit le médecin. En clair, s'il te plaît.

— C'est tout, dit Mr. Acarius. L'Homme. Mes semblables. L'humanité. Je serai avec l'homme victime de ses appétits les plus vils et luttant pour s'arracher à son abjection. C'est peut-être même ma faute si je suis incapable de me défoncer avec autre chose que du whisky ; ce sera donc au whisky dans un trou capitonné, dans un lieu où pour un prix modique ceux dont les pauvres nerfs sont écorchés se voient accorder la paix, la tranquillité, la compassion, la compréhension...

— Quoi ? fit le médecin.

— ... et il est possible que ce qui pousse mes compagnons vers l'hôpital — trop de maîtresses ou trop d'épouses, ou trop d'argent, ou trop de responsabilités, ou toute autre raison qui incite à l'évasion les gens qui ont les moyens de se payer l'évasion au prix de cinquante dollars la journée — ne mérite pas d'être mentionné dans la même phrase que ce qui pousse vers l'alcool à brûler celui qui ne peut s'offrir quelque chose de mieux. Du moins nous aurons raté notre évasion ensemble et ensemble nous apprendrons au bout du compte que l'évasion, ça n'existe pas, qu'on ne s'évade jamais et que, bon gré mal gré, il faut faire sa rentrée dans le monde, s'y supporter, supporter les blessures, les angoisses, les suffocations et qu'une fois la tentative effectuée et la certitude acquise, les hommes doivent s'entraider et s'apporter mutuellement le réconfort.

— Mais de quoi parles-tu au juste ? dit le médecin.

— Pardon ? demanda Mr. Acarius.

— Tu crois vraiment que tu vas trouver tout ça dans ce genre d'établissement ?

— Pourquoi pas ?

— Alors, c'est moi qui te demande pardon, dit le médecin. Continue.

— J'en ai terminé. Voici ce que j'attends de toi. Des cliniques de ce genre, tu dois en connaître des quantités. Choisis la meilleure...

— Bien sûr, la meilleure, fit le médecin, étendant le bras vers le téléphone. J'ai ce qu'il te faut.

— Il vaudrait peut-être mieux que j'y fasse un tour ?

— Pourquoi ? Elles se ressemblent toutes. Tu connaîtras bien assez celle que j'appelle quand tu en seras sorti.

— Mais je croyais t'avoir entendu dire que c'était la meilleure, dit Mr. Acarius.

— Exact », répondit le médecin, en raccrochant le téléphone. Le trajet fut de courte durée. Situé dans une avenue chic le long de Central Park, l'immeuble ressemblait extérieurement à tous les autres immeubles du quartier ; il ne différait guère de celui au sommet duquel habitait Mr. Acarius ; les différences n'apparaissaient qu'à l'intérieur, elles étaient d'ailleurs peu sensibles. Il y avait un standard téléphonique dans le hall et, tout autour du hall, des cloisons de verre épais derrière lesquelles, de toute évidence, se trouvaient des bureaux. Répondant à l'interrogation muette de Mr. Acarius, le médecin expliqua : « Les pochards ? Tous dans les étages. On les fait entrer par la porte de derrière, sauf lorsqu'ils ont l'usage de leurs jambes et dans ce cas ils ne s'attardent pas dans ce hall ; d'ailleurs ils ne le voient que deux fois au grand maximum. Quoi d'autre ? » Le médecin avait lu une autre interrogation dans le regard de Mr. Acarius. « Bon, allons rendre visite au docteur Hill. Après tout, si tu es toujours décidé à perdre ta virginité d'amateur, il est bien normal que tu examines les traits du grand prêtre qui préside aux destinées de l'établissement. »

Le docteur Hill n'était pas plus âgé que le médecin de Mr. Acarius ; de toute évidence, il y avait même entre eux le souvenir commun de maint congrès : Atlantic City, Palm Beach, Beverly Hills. « Réfléchis, Ab, dit le docteur Hill. Vous êtes bien certains de ne pas vous être trompés d'endroit ?

— Le docteur Hill estime peut-être que ce serait prendre la place de quelqu'un qui en a ou peut en avoir plus besoin que moi ?

— Non, non. Il y a toujours de la place pour un dipsomane de plus.

— Idem pour l'adultère, ajouta le médecin de Mr. Acarius.

— Certes, répliqua le docteur Hill, mais ça ne se soigne pas ici.

— Est-ce que ça se soigne ailleurs ?

— Je n'en sais rien, répondit le docteur Hill. Quand voulez-vous commencer ?

— Pourquoi pas maintenant ? dit Mr. Acarius.

— Ici, dit le docteur Hill, on ne soûle pas, on dessoûle. Pour la première opération, il faut s'adresser à l'extérieur sinon nous risquerions des poursuites pour concurrence déloyale.

— Donnez-nous quatre jours pour arriver au poteau, dit le médecin de Mr. Acarius. Ce sera amplement suffisant. »

On tomba d'accord sur les quatre jours. Pour la première fois depuis l'université, Mr. Acarius s'abandonna totalement à l'alcool, ou du moins il essaya. Au début, il lui sembla qu'il ne progressait pas, qu'il ne pourrait pas respecter le contrat qui le liait à son médecin et au docteur Hill. Mais le soir du troisième jour il estima plus prudent de ne pas quitter l'appartement, et l'après-midi du quatrième jour, quand son médecin vint le prendre, ses jambes lui administrèrent la preuve de son incapacité à marcher sans aide, à tel point que son médecin lui lança un regard presque admiratif.

« Saperlipopette ! Tu es fin prêt pour l'ambulance. La jambe molle, les orteils en gélatine. Tu tiens vraiment à arriver les pieds devant, comme si un panier à salade t'avait ramassé sous le pont de Brooklyn.

— Non, fit Mr. Acarius, mais il faut se dépêcher.

— Tu n'as pas changé d'avis, par hasard ? demanda le médecin.

— Mon vœu est exaucé.

— Oui, continua la médecin, la fraternité dans la souffrance. Tous ensemble à s'entraider, à se réconforter dans l'expérience de toute l'angoisse du monde, à comprendre qu'il faut être un homme et ne pas la fuir. Comment ça s'est passé ? Une cure de paix et de tranquillité pour les pauvres nerfs écorchés qui vous harcèlent et exigent compassion, compréhension ?

— Ça va, mais dépêche-toi. Je vais être malade. »

Ils se dépêchèrent donc. Mr. Acarius était soutenu par son valet et un garçon d'ascenseur qui se rappelait avec émotion les étrennes reçues durant toutes ces années. Il descendit par l'ascenseur, traversa le hall et se retrouva dans la voiture de son médecin. Ils arrivèrent dans le vestibule de l'autre immeuble où, du fond d'un abîme vertigineux de détresse à l'âcre goût de bile, Mr. Acarius découvrit ce qui leur barrait le chemin : une femme d'un genre plutôt vulgaire, à l'élégance tapageuse, vêtue d'un coûteux manteau de fourrure et qui aurait pu être une danseuse de music-hall sur le retour, se démenait pour pénétrer dans l'ascenseur. On l'en empêchait par la force. Si quelqu'un n'intervient pas tout de suite, pensa Mr. Acarius, tout cela n'aura plus aucune importance. Apparemment quelqu'un intervint, son médecin peut-être mais Mr. Acarius était trop mal en point pour savoir qui au juste. Il se retrouva enfin dans l'ascenseur, la grille se ferma sur une silhouette au visage trop fardé qui hurlait. « La paix et la sérénité, dit le médecin.

— Ça va, répéta Mr. Acarius, mais dépêchons-nous. »

Ils arrivèrent à temps ; il était enfin dans son espace à lui et l'infirmière — arrivée quand et d'où ? — réussit même à installer la cuvette au bon moment. Il se retrouva allongé sur le lit, épuisé tandis que comme prévu des mains expertes lui enlevaient ses vêtements et lui enfilaient un pantalon et une veste de pyjama.

Ce n'étaient pas les mains du médecin, ni celles de l'infirmière : il s'en rendit compte en ouvrant les yeux. C'était un homme au visage d'acteur, aux traits fatigués et cependant empreints d'une grande distinction. Il était vêtu d'un pyjama et d'une robe de chambre et, au premier regard, Mr. Acarius comprit avec une sorte de satisfaction sereine qu'il s'agissait d'un autre patient. Il avait eu raison : tout se passait comme il l'avait espéré, mieux, comme il l'avait prévu. Étendu sur son lit, vidé, épuisé, il se sentait enfin en paix tandis qu'il observait l'homme qui, prenant son veston et son pantalon, s'était précipité dans la salle de bains et en était ressorti les mains vides. Il était penché sur la valise de Mr. Acarius quand l'infirmière entra, portant sur un plateau un petit verre rempli d'un liquide ainsi qu'un gobelet d'eau.

« Qu'est-ce que c'est ? demanda Mr. Acarius

— C'est pour vous soigner les nerfs, répondit l'infirmière.

— Pas maintenant, dit Mr. Acarius. Je veux souffrir encore un peu.

— Vous voulez *quoi* ? »

L'inconnu intervint : « Cet homme souffre, Goldie. Allons, donne-lui quelque chose à boire, il faut bien que tu inscrives quelque chose sur sa pancarte.

— Tu parles ! » répondit l'infirmière.

L'inconnu, s'adressant à Mr. Acarius, lui dit : « Goldie, il faut l'avoir à l'œil, elle vient de l'Alabama.

— Et vous, vous pouvez me dire quand il ne faut pas vous avoir à l'œil ? »

Elle jeta un regard alentour, sans doute sur les vêtements que Mr. Acarius venait de quitter car elle demanda d'un ton acerbe : « Où est le costume ?

— Je l'ai rangé dans la valise », répondit l'homme

en balançant chemise, sous-vêtements et chaussures dans la valise qu'il referma prestement. Il traversa la chambre et plaça le bagage dans un étroit placard qui se trouvait dans un coin ; il en referma la porte, laquelle apparut munie d'un petit cadenas. « Tu me fais confiance ou tu veux le fermer toi-même ? dit l'homme à l'infirmière.

— Un instant », répliqua-t-elle d'un ton sec. Elle posa le plateau sur la table, entra dans la salle de bains et réapparut. « Ça va, fit-elle, vous pouvez le fermer. » L'homme s'exécuta. Elle se dirigea vers le placard, vérifia le cadenas et reprit le plateau. « Sonnez quand vous voudrez boire ça », dit-elle à Mr. Acarius. Elle s'arrêta sur le seuil de la porte et lança à l'autre patient : « Et vous, à présent, sortez, laissez-le se reposer.

— Bien », répondit le patient. L'infirmière était sortie ; le patient fixa la porte des yeux pendant une trentaine de secondes puis revint près du lit. « Il est derrière la baignoire, dit-il.

— Quoi ? demanda Mr. Acarius.

— Oui, dit l'inconnu. Parce qu'il faut se méfier des infirmières même quand elles sont chouettes comme Goldie. Attendez un peu, vous verrez avec l'infirmière de nuit. Vous m'en direz des nouvelles. Mais rien à craindre à cette heure-ci. » Il se pencha vers Mr. Acarius et se mit à lui parler rapidement : « Je m'appelle Miller, vous êtes un client du docteur Cochrane, n'est-ce pas ?

— Oui, répondit Mr. Acarius.

— Alors, ça ira. Cochrane a une si bonne réputation dans la maison qu'on accorde à ses malades le bénéfice du doute. Judy est en bas ; c'est la petite amie de Watkins ; elle a déjà essayé de monter. Mais pas question que Watkins puisse la voir, Goldie l'a coincé dans sa chambre et ne le quitte pas des yeux. Mais, vous, vous pouvez.

— Je peux quoi ? fit Mr. Acarius.

— Vous pouvez appeler la réception, dire que Judy vient vous voir, qu'on la laisse monter », dit Miller en tendant le téléphone à Mr. Acarius. « Elle s'appelle Lester.

— Quoi ? demanda Mr. Acarius. Quoi ?

— Bon, ça va. Je vais le faire moi-même. Comment vous appelez-vous ? Je n'ai pas bien saisi votre nom.

— Acarius, dit Mr. Acarius.

— Acarius », répéta Miller. Il prit le combiné et dit : « Allô ! Ici Mr. Acarius, chambre vingt-sept. Faites monter Miss Lester, je vous prie. Merci. » Il reposa l'appareil et prit la robe de chambre de Mr. Acarius. « Enfilez ça pour être prêt à la recevoir. On s'occupe du reste. Il faudra faire vite parce que Goldie va se douter qu'il se passe quelque chose dès qu'elle entendra l'ascenseur monter. »

L'opération fut vivement menée. À peine Miller avait-il quitté la pièce que Mr. Acarius, debout en robe de chambre, entendit l'ascenseur s'arrêter, et des pas rapides, sonores, heurter le sol du couloir ; c'étaient des chaussures de femme. Tout à coup sa chambre lui parut pleine de monde : la femme vulgaire, un peu forte, un peu fanée, qu'il avait vue hurlant dans le hall, entra et se précipita sur lui en criant : « Mon chéri ! Mon chéri ! » suivie de Miller et d'un autre homme en pyjama et robe de chambre. Celui-là, plus âgé, avait dépassé la soixantaine ; il n'avait pas, lui, les traits d'un acteur mais un de ces visages comme on en voit en quantité dans les réunions de Shriners [1], dans les boîtes de nuit ou dans les théâtres, à l'entracte, aux premières des opérettes. Fermaient la marche l'infirmière et le garçon d'ascenseur. Épouvanté, Mr. Acarius entendit la harpie s'écrier d'une voix rageuse : « Grouillez-vous, bande de salauds ! » Elle tenait grand ouvert son manteau de fourrure ; Miller et son acolyte saisirent brutalement le haut de son corsage qui céda et révéla la présence de deux flacons d'une demi-pinte coincés dans les bonnets de son soutien-gorge. Tout à coup, la chambre se vida, aussi soudainement, aussi violemment qu'elle s'était remplie, mais pas pour longtemps : d'ailleurs les deux séquences lui parurent presque simultanées, comme superposées. Il entendait encore le tumulte au bout du couloir, la voix du sexagénaire implorant l'infirmière ou quelqu'un d'autre, en tout cas celui ou celle qui s'était emparé des deux flacons, lorsque retentit à nouveau un bruit de talons de femme. La harpie fit à nouveau son entrée mais cette fois à fond de train ; elle avait relevé sa robe et sa combinaison et les tenait en boule sur son ventre ; une troisième bouteille, d'une pinte cette fois, apparut, qu'elle s'était attachée avec du sparadrap entre les cuisses, des cuisses qui couraient vers Mr. Acarius. Elle lui cria : « Prends-la, mais prends-la donc ! » tandis que Mr. Acarius, incapable de bouger, la regardait avec des yeux ronds. Elle arracha la bouteille, la fourra dans le fauteuil où il était assis, derrière son dos puis, se retournant et lissant de la main sa jupe sur ses hanches, elle prit un ton hautain de princesse ou de reine, pour lancer à l'infirmière qui

1. Association fraternelle pseudo-maçonnique, fondée en 1871. (*N.d.T.*)

entrait : « Une fois suffit, je vous interdis de porter la main sur moi. »

Le tumulte finit par s'apaiser ; Mr. Acarius était resté là prostré, épuisé, tremblant. Il n'avait toujours pas bougé lorsque, peut-être dix minutes plus tard, Miller entra, accompagné du sexagénaire. « Du bon boulot, fit-il. Où est-elle ? » Mr. Acarius fit un geste vague ; Miller glissa la main dans le fauteuil et en sortit la bouteille de whisky.

« *Mon rêve, je te vois...* dit le sexagénaire.

— Ah, oui, dit Miller, je vous présente Watkins.

— *Mon rêve, je t'entends...* dit Watkins. La meilleure cachette, c'est ici.

— Exact, répondit Miller. C'est vrai aussi pour le géranium.

— Va le chercher », dit Watkins, et Miller sortit. Watkins s'approcha de Mr. Acarius et fourra la bouteille au fond du lit, sous les couvertures. *Mon rêve, je te vois, Mon rêve, je t'entends.* Il demanda : « C'est votre première visite ici ?

— Oui, répondit Mr. Acarius dans un souffle.

— Vous vous y ferez, dit Watkins... *oui, mon rêve, C'est toi* », continua-t-il. Miller rentra, portant un géranium en pot sous sa robe de chambre, et un journal qu'il déplia et étala par terre ; il vida le pot sur le journal, plante et terreau ; à l'intérieur du pot apparut une autre bouteille d'une pinte.

« Avec ça, on est parés, dit Watkins. Peut-être qu'on n'aura pas besoin de votre costume.

— Mon costume ? murmura Mr. Acarius.

— L'escalier de secours passe tout juste devant ma fenêtre, expliqua Miller, tout en emballant les restes du géranium dans le journal. La semaine dernière, Watkins a réussi à mettre la main sur la clé et à la garder assez longtemps pour déverrouiller la fenêtre. J'ai toujours mes chaussures et ma chemise, mais on n'avait pas de pantalon. À présent, plus de problème. S'il y a urgence, l'un de nous peut descendre par l'escalier de secours et aller acheter une bouteille au magasin du coin. Mais à présent, c'est inutile. C'est même inutile de se risquer à maquiller les pancartes ce soir, dit Miller à Watkins.

— Peut-être, dit Watkins, occupé à enlever le terreau qui restait sur la bouteille. Va chercher un verre dans la salle de bains.

— On ferait peut-être bien de remettre tout ça dans le pot, dit Miller, en soulevant le journal et son contenu.

— Flanque ça à la poubelle », dit Watkins. Miller jeta dans la corbeille à papier de Mr. Acarius le journal avec les restes du géranium, balança le pot pardessus puis, allant dans la salle de bains, il en revint avec un gobelet vide. Watkins avait déjà débouché la bouteille. Il se versa une rasade et la but. « Donne-lui à boire, à lui aussi, dit-il à Miller. Il l'a bien mérité.

— Non, murmura Mr. Acarius.

— Vous auriez intérêt, dit Miller. Vous avez une sale mine.

— Non, murmura Mr. Acarius.

— Vous voulez que j'appelle Goldie pour qu'elle revienne avec le bromure qu'elle a essayé de vous refiler tout à l'heure ?

— Non, murmura Mr. Acarius.

— Fiche-lui donc la paix, fit Watkins. Même ici on est en Amérique. On est libre de ne pas boire si on n'en a pas envie. En tout cas, planquons ça comme il faut.

— Exact, fit Miller.

— *Mon rêve, je te vois...* » fit Watkins.

Mr. Acarius ne sortait pas de sa prostration. Un peu plus tard, un garçon d'étage arriva avec le repas du soir sur un plateau ; sans réagir, il se contenta de regarder les plats comme s'ils étaient empoisonnés. L'infirmière entra ; elle portait toujours son plateau mais cette fois en plus de l'eau, il y avait un petit verre de whisky.

« Il faut manger, dit-elle. Ceci va peut-être vous ouvrir l'appétit.

— Non, murmura Mr. Acarius.

— Allons, allons, dit l'infirmière. Il faut y mettre du vôtre.

— Impossible, murmura Mr. Acarius.

— Bon, bon, dit l'infirmière, mais il faut manger un peu sinon je vais devoir raconter ça au docteur Hill. »

Il fit donc un effort, mâchonna quelques bouchées ; peu après, le garçon revint enlever le plateau ; aussitôt après ce fut Miller qui entra ; il prit au fond du lit de Mr. Acarius une des bouteilles, celle que Watkins avait ouverte. « Merci encore, dit-il. Vous n'en voulez vraiment pas ?

— Non », murmura Mr. Acarius, qui put enfin retomber dans sa torpeur, conscient seulement de la lente montée d'un silence claustral et vespéral. Par la porte ouverte, il apercevait le couloir. De temps à autre d'autres individus passaient, en robe de chambre et en pyjama ; ils semblaient tous se diriger vers une autre porte éclairée, au bout du couloir. Alors qu'il nouait la cordelière de sa robe de chambre, il reconnut sans peine la voix de Watkins : « *Mon rêve, je te vois...* » Avançant avec difficulté, il aperçut l'intérieur d'une pièce, le bureau ou la pharmacie, ou quelque chose de ce genre ; une armoire était ouverte, une clé était dans la serrure, accrochée à un anneau où pendaient d'autres clés et, d'une bouteille brune sans étiquette, l'infirmière versait du whisky à la ronde, remplissant les petits verres que lui tendaient, l'un après l'autre, ses fidèles. « *Mon rêve, je t'entends,* dit Watkins.

— Parfait, lui dit Miller d'un ton amical. C'est toujours ça de pris. On va être au régime sec après minuit quand Goldie sera partie. »

Mais ce n'était pas ce que voulait Mr. Acarius. Enfin seul avec l'infirmière, il le lui dit. Elle lui répondit : « Il est un peu tôt pour vous mettre au lit, vous ne trouvez pas ?

— Il faut que je dorme, il faut absolument que je dorme.

— Très bien, allez-y, mettez-vous au lit et je vous l'apporte. »

Il se mit donc au lit, avala la gélule. Il sentait le froid de la bouteille contre ses pieds mais bientôt elle se réchaufferait ou même bientôt, très bientôt peut-être, cela n'aurait plus aucune importance ; pourtant il n'imaginait pas vraiment comment il pourrait jamais retrouver le sommeil. Il n'avait aucune idée de l'heure mais cela non plus n'avait aucune importance. Appeler son médecin à cette heure-ci, le faire appeler par l'infirmière, qu'il vienne le chercher, qu'il le ramène dans un lieu sûr parmi les gens sains d'esprit et soudain il se sentit tomber de cette absence de paix dans une autre absence de paix, dans un fracas venu du bout du couloir. Il était tard, il le sentait. Le plafonnier était éteint mais il y avait encore dans la pièce une lumière tamisée, provenant de la lampe de chevet. Soudain il entendit des pas dans le couloir, des pas précipités. Watkins et Miller entrèrent. Watkins était vêtu d'un imperméable de femme de couleur vert jade, dont le col entrouvert laissait dépasser la tige brisée, pendante, d'une amaryllis ; une écharpe de soie écarlate entourait sa tête à la manière d'une guimpe de religieuse. Miller avait à la main la bouteille brune sans étiquette que Mr. Acarius avait vu mettre sous clé dans l'armoire deux, trois heures auparavant, peut-être plus, peut-être moins. Miller s'évertuait à la fourrer dans le lit de Mr. Acarius lorsqu'une infirmière entra et Mr. Acarius comprit immédiatement que c'était la « nouvelle », celle qui semait la terreur. C'était une femme d'un certain âge qui portait le pince-nez en bataille. Elle glapissait : « Rendez-moi ça ! Rendez-moi ça ! » et se tournant vers Mr. Acarius, elle lui dit : « J'ouvre l'armoire et je vais prendre la bouteille mais l'un des deux lascars a fait tomber mon bonnet et quand je me suis baissée pour le ramasser, il a été plus vite que moi, il a subtilisé la bouteille !

— Alors, il faut me rendre celle que vous m'avez volée, que j'avais mise dans la chasse d'eau ! dit Miller.

— Je l'ai vidée dans la cuvette ! s'écria l'infirmière d'un ton triomphant.

— Vous n'aviez pas le droit, dit Miller. Elle m'appartenait, je l'avais achetée avec mon argent. Elle n'était pas la propriété de l'hôpital, vous n'aviez pas le droit d'y toucher.

— Nous verrons bien ce que le docteur Hill en pensera, dit l'infirmière, qui s'empara prestement de la bouteille non étiquetée et sortit de la pièce.

— Oui, nous allons voir ça, s'écria Miller, en lui emboîtant le pas.

— *Mon rêve, je t'entends...*, dit Watkins. Bougez un peu les pieds », continua-t-il, et plongeant la main dans le lit, il en sortit la bouteille non entamée. Mr. Acarius ne bougea pas : il en était incapable. Quant à Watkins, il ouvrit la bouteille et but au goulot. Le couloir retentissait toujours des cris indignés de Miller mais bientôt celui-ci fut de retour dans la chambre.

« Elle m'a empêché de me servir du téléphone, dit-il. Elle est assise dessus. Il va falloir qu'on monte le réveiller.

— Elle n'a aucun sens de l'humour, dit Watkins. On ferait bien de liquider celle-ci avant qu'elle ne la trouve. » Buvant au goulot, ils se passèrent et se repassèrent la bouteille. « Il va falloir renouveler le stock, lui faucher les clés.

— Oui, mais comment ? demanda Miller.

— On lui fait un croc-en-jambe et on lui prend les clés.

— C'est risqué.

— C'est risqué seulement si elle se cogne la tête. Il faut s'arranger pour la faire sortir dans le couloir : là, il y a de la place.

— D'abord, allons réveiller Hill, dit Miller. Ces abus d'autorité sont intolérables, pas question que je laisse passer.

— Intolérable », dit Watkins. Il vida la bouteille et la jeta dans la corbeille à papier. Mr. Acarius se retrouvait seul ; la situation, à vrai dire, n'avait guère changé puisqu'il était trop tard pour appeler quiconque au téléphone, et qui d'ailleurs aurait-il appelé ? Il était coupé de tout secours, c'était comme s'il s'était réveillé sur un plateau peuplé de dinosaures dans un pays inaccessible, oublié des humains, où seule une bête sauvage peut vous protéger des autres bêtes sauvages ; dans le groupe de patients qui tendaient rituellement leur verre à l'infirmière, il se rappelait avoir remarqué un type qui avait l'allure d'un chauffeur de poids lourd, ou d'un boxeur ; celui-là pourrait peut-être lui venir en aide, à supposer, bien sûr, qu'il ne dorme pas ; Mr. Acarius se demandait d'ailleurs comment quiconque pouvait encore dormir à l'étage, surtout maintenant que lui parvenaient à travers le plafond les éclats de voix du docteur Hill fulminant de rage ; et Mr. Acarius, allongé dans son lit, en proie à une souffrance presque paisible, pensait : Oui oui il faut la sauver et puis je partirai partirai n'importe où par n'importe quel moyen ; il en était toujours là quand les vociférations du docteur Hill qui avaient atteint leur paroxysme furent suivies d'un bruit sourd, étrange que Mr. Acarius ne put percevoir que comme l'annonce d'un autre bruit et il y eut, en effet, un choc violent.

Il était debout : l'infirmière et le garçon d'étage s'étaient déjà précipités dans le couloir ; là, une porte demeurée ouverte laissait voir le départ d'un escalier en ciment au bas duquel gisait Watkins. Assurément, il avait toute l'apparence d'un cadavre. Ou plutôt, il semblait être au-delà de la mort : il semblait être en paix, les yeux clos, un bras placé en travers de la poitrine, la main molle semblant serrer légèrement la tige brisée de l'amaryllis. « Oui, oui ! s'écria Mr. Acarius, tremble, prie pour qu'il le soit ! »

Miller avait dit qu'il avait fourré le costume derrière la baignoire, et il était bien là, roulé en boule. Mr. Acarius n'avait ni chemise ni chaussures ; il portait des chaussons et sa veste de pyjama. Il n'avait aucune idée non plus de l'endroit où se trouvait la chambre de Miller, avec la fenêtre déverrouillée donnant sur l'escalier de secours. Mais il n'hésita pas. J'ai fait ce que je pouvais, se dit-il. Que le Seigneur pourvoie au reste.

Et une puissance, en effet, pourvut au reste. Le garçon d'étage, aidé par deux patients, portèrent le corps de Watkins jusque dans sa chambre ; une courte attente et le couloir était libre. Il trouva la chambre de Miller sans difficulté : il lui suffit de choisir une porte et de l'ouvrir. Il avait toujours été sujet aux vertiges et pourtant il se trouva sur l'escalier de secours, dans l'obscurité avant même de s'être rappelé sa peur du vide, pensant avec stupeur qu'il y avait un monde, une époque où on avait le loisir de redouter ce qui n'était qu'un espace vertical. Il savait, de façon abstraite, que les escaliers de secours ne descendent pas jusqu'au sol et qu'une fois arrivé à la dernière marche, on doit sauter ; la nuit était noire et il ne savait pas dans quoi il allait sauter, et pourtant, une fois de plus, il n'hésita pas, se laissa aller dans le vide et atterrit sur une surface cendrée. Il y avait aussi une barrière, une allée et maintenant il apercevait la merveilleuse étendue de Central Park, désert à cette heure : il lui suffisait de franchir cet espace pour retrouver son sanctuaire domestique. Il se mit à courir dans le parc, trébuchant, haletant, suffoquant ; soudain une voiture le rattrapa. Elle ralentit ; une voix l'interpella : « Eh ! vous, là-bas ! » Déjà les uniformes bleus, les écussons l'entouraient mais il s'efforçait toujours de courir, en se débattant, en donnant des coups, en tapant au hasard. Ils finirent par le maîtriser et l'un d'eux renifla son haleine. Une voix dit : « C'est pas le moment de gratter une allumette ! On appelle le panier à salade !

— Rassurez-vous, messieurs », dit le docteur Cochrane. C'est alors seulement que Mr. Acarius, haletant, réduit à l'impuissance, en pleurs maintenant, aperçut une voiture arrêtée derrière le véhicule de police. « Je suis son médecin, on m'a téléphoné de l'hôpital pour me dire qu'il s'était échappé, je le prends sous ma responsabilité, aidez-moi seulement à le faire monter dans ma voiture. »

Ils l'aidèrent : leurs mains étaient fermes, dures. La voiture démarra. « C'est ce vieil homme, dit-il en pleurant, ce vieillard terrible qui aurait dû être chez lui en train de raconter des histoires à ses petits-enfants pour les endormir !

— Tu ne savais pas qu'il y avait des flics dans la voiture ? demanda le médecin.

— Non, s'écria Mr. Acarius, seulement des membres du genre humain. »

À présent, il était chez lui, agenouillé devant le meuble de son bar ; les choses ne traînèrent pas : il en sortit non seulement le whisky qui restait mais tous les autres alcools, cognac, vermouth, gin, liqueurs, et les prenant dans ses bras, il courut jusqu'à la salle de bains. L'une après l'autre, les bouteilles allèrent se briser dans la baignoire tandis que, debout dans l'encadrement de la porte, le médecin l'observait.

« Alors, on voulait faire son entrée dans l'espèce humaine et toutes les places étaient prises, fit le médecin.

— Oui, dit Mr. Acarius en larmes. Elle est imbattable. On ne peut pas la battre. On ne pourra jamais. Jamais. »

Le Caïd	11
NeIge	47
Frankie et Johnny	67
Le Prêtre	83
L'Esprit d'économie	91
Mr. Acarius	119

Composition Bussière
Impression Novoprint
a Barcelone, le 20 septembre 2012
Dépôt légal : septembre 2012
Premier dépôt légal dans la collection : décembre 2004

ISBN 978-2-07-030534-6./Imprimé en Espagne.

247501